FOLIO POLICIER

Thierry Maugenest

# La poudre des rois

## Une enquête au XIII$^{e}$ siècle

Gallimard

Écrivain et traducteur ayant séjourné quelques années dans la région de Venise, Thierry Maugenest vit actuellement en Provence. Il est l'auteur de plusieurs romans policiers dont *Venise.net*, *Manuscrit ms 408 Voynich* et *Audimat circus*, traduits dans une dizaine de langues et tous publiés aux Éditions Liana Levi.

*Ô gens d'Al-Andalus, quel bonheur que le vôtre ! Vous avez de l'eau, de l'ombre, des fleuves et des arbres. Le jardin de la Félicité n'est pas ailleurs, et, si j'avais à choisir, je prendrais bien celui-ci.*

IBN KHAFAJA, XI^e^ siècle

Une aube, longtemps espérée, allait se lever sur l'Occident. Mais ce soleil-là ne viendrait pas de l'est. Ceux qui l'attendaient, qu'ils soient philosophes, astronomes, mathématiciens ou médecins, tournaient tous leurs regards vers le sud, bien au-delà des Pyrénées, vers les plaines d'Al-Andalus, où les hameaux et les cités, ainsi que les décrivait le poète Ibn al-Hammâra, apparaissaient au milieu des vergers et des champs d'oliviers comme des perles blanches enfouies au milieu d'émeraudes. Ces perles, dont les plus belles avaient pour nom Cordoue, Grenade ou Séville, étaient elles-mêmes des écrins protégeant le plus grand des trésors : le Savoir. Ainsi, les rois chrétiens, qui reprenaient alors par le fer les cités andalouses aux souverains maures, s'empressaient, après chaque nouvelle conquête, d'ouvrir toutes grandes les portes des majestueuses bibliothèques des anciennes cours des émirs. Et le soleil, trop longtemps contenu, se leva enfin. Tout ce que l'Occident avait perdu se trouvait là, et les copistes et les traducteurs se mirent à renvoyer, comme autant de falaises, les échos des noms d'Aristote, de Ptolémée, d'Euclide, de Galien ou d'Hippocrate. Ainsi, l'art de soigner les hommes et les femmes, après avoir fait le tour de la Méditerranée et s'être enrichi des connaissances orientales, fit lui aussi son grand retour en Occident. La médecine, qui échappait de plus en plus à l'autorité des clercs, devint peu à peu une véritable science qui allait voir les plus grands progrès s'accomplir.

Mais toute médaille a son revers. Ainsi, au cœur de Séville, en cette année 1265, la connaissance de plus en plus approfondie des mécanismes de la maladie allait devenir, pour certains, une arme nouvelle qui servirait à tuer plus insidieusement encore que le poison, la dague ou l'épée...

# 1

*30 août 1265*

— Ils sont revenus ! Ils sont revenus pour se venger ! Ils sont là, tous les deux ! Ils sont revenus pour prendre ma vie…

L'homme qui parle est seul. Son cheval, à qui il commande sans cesse de forcer l'allure, galope sur les versants des collines de l'Aljarafe. Plus au nord, des lourdeurs d'orage pèsent sur les hauteurs de la Sierra de Aracena. Cela fait plus d'une heure que l'homme a quitté Séville. De temps à autre il se retourne, referme la main sur la poignée d'une épée à lame recourbée, la dégage de son fourreau et l'agite dans le vide autour de lui, comme pour tenir à bonne distance des combattants invisibles.

— Ils sont revenus ! Ils sont revenus pour se venger ! Après quinze années, ils sont revenus pour me tuer…

Mais peu à peu ses forces déclinent. Il a de la fièvre. Il grelotte sous le lourd soleil d'août. Sa voix se fait maintenant plus faible, ses phrases, qu'il balbutie à peine, sont coupées de profondes respirations, des râles plutôt, qui se transforment parfois en une quinte de toux grasse :

– Ils sont là... tous les deux... Ils sont revenus d'entre les morts...

L'homme referme sa longue cape noire autour de lui pour tenter de conserver la chaleur de son corps. Mais en vain. Sa bouche se met à trembler et ses dents s'entrechoquent de plus en plus fort.

Par-delà la houle argentée des oliveraies, le cavalier distingue, au sommet d'une colline, une petite tache mouvante lui rappelant l'écume qui dentelle parfois la crête des vagues. Le soleil qui sature les lointains ne lui permet pas de voir de quoi il s'agit. Le trop-plein de lumière le fait grimacer, la peau de son visage se ride autour de ses yeux en de profonds sillons et, peu à peu, à mesure qu'il se rapproche, il commence à distinguer des couleurs, du blanc, du brun, qui prennent confusément la forme de murailles crénelées en pisé, de maisons blanchies à la chaux, de clochers et de minarets en pierres de taille ocre. « Ce doit être le village de Sanlúcar la Mayor, se dit-il. Je demanderai qu'on donne à boire à mon cheval... puis je continuerai ma route... loin... très loin de Séville. »

Est-ce l'effet du soleil s'il voit les contours du village onduler légèrement avant de s'évaporer en de ténus fils noirs ? Non, l'homme est bien trop près des premières habitations pour qu'elles tremblent ainsi dans un mirage de chaleur. Ce sont bien les vertiges de la fièvre qui sont la cause de ses visions. Cette fièvre survenue soudainement il y a quelques heures à peine. Cette même fièvre qui va sans doute l'emporter avant que le soleil ne se couche.

En pénétrant dans le village, l'homme force son cheval à ralentir l'allure. Sa vue se brouille de plus en plus. À quelques pas de lui toutefois, il parvient à distinguer la silhouette d'un paysan sur son âne.

— Eh ! l'homme ! appelle-t-il d'une voix tremblante entrecoupée de spasmes. Où puis-je... où puis-je trouver de l'eau pour mon cheval ?

Le paysan se retourne lentement pour voir d'où provient cette voix, mais à peine aperçoit-il les traits du cavalier que son visage trahit l'effroi.

— Arrière ! crie-t-il aussitôt. D'où que tu viennes, étranger, retournes-y, mais ne viens pas infecter nos maisons et contaminer nos familles !

Les cris du paysan ont vite alerté les habitants de Sanlúcar la Mayor qui paraissent sur le pas des maisons et aux fenêtres élevées. Dès leurs premiers regards vers le cavalier, ils remarquent son visage couvert de plaques rouges et purulentes, son regard absent, la salive coulant de sa bouche entrouverte et ses bras, tremblants de fièvre, qui se cramponnent avec peine autour de l'encolure de sa monture.

— Arrière, étranger ! Arrière ! crient-ils d'une même voix terrifiée. Retourne d'où tu viens, emporte tes fièvres loin d'ici !

Les hommes ont déjà tiré leur épée pour garder le cavalier à distance et se préserver de la contagion, tandis que les femmes et les enfants se mettent à lui lancer des pierres. Très vite l'une d'entre elles l'atteint au front, faisant jaillir le sang sur son visage. Il doit fuir. Il le sait mais n'a plus la force d'en intimer l'ordre à son cheval. Ce dernier, cependant, qui vient d'être touché à son tour par un projectile, se cabre, les reliefs de ses muscles luisent, et il reprend de lui-même le galop. Un court instant déstabilisé, l'homme réussit à se cramponner sur le dos de sa monture. Dans une prière fébrilement balbutiée, il implore le ciel de ne pas être désarçonné. S'il venait à lâcher prise, les villageois le tueraient pour se préserver de la contagion. « Le mal vit, tant que vit l'homme qui le porte. » Voilà ce que l'on dit par ici. Et il ne le sait que trop bien. Il est convaincu que pour se débarrasser le plus sûrement possible des fièvres, les hommes et les femmes qu'il entend gronder autour de lui n'hésiteraient pas un instant à le tuer et à brûler aussitôt sa dépouille. Le visage enfoui dans la crinière de son cheval lancé au grand galop, l'homme n'a pas la force d'ouvrir les yeux. Mais, peu à peu, la rumeur du peuple de Sanlúcar la Mayor se fait plus lointaine. « Sans doute ai-je déjà quitté le village ? » pense-t-il à demi éveillé.

Combien de lieues a-t-il parcourues depuis qu'il a dépassé les dernières habitations ? Combien de temps a-t-il ainsi chevauché, les yeux clos, à peine conscient ? Il ne le sait plus. Quelques minutes, des heures, une journée entière ou davantage peut-être ? Seul maintenant résonne à ses oreilles le bruit des sabots de son cheval qui, sans doute épuisé, ralentit son allure pour s'arrêter tout à fait.

Dans un profond silence à peine troublé par un lointain grondement de tonnerre, son corps tremblant, baigné de sueur, glisse lentement sur le côté de sa monture avant de s'écrouler lourdement sur le sol.

Quelques rafales d'un vent d'orage qui descend des hauteurs de la Sierra de Aracena soulèvent les pans de sa longue cape. Étendus sur un lit de rocaille, les membres de l'homme restent parfaitement immobiles, sans même être secoués de spasmes. Son visage, qui, il y a quelques heures à peine, était rougi par la fièvre, prend peu à peu des transparences violettes. Mais un dernier filet de vie donne encore à son esprit la force de rêver. Deux hommes sont là. Leurs corps, plus morts que vifs, ruissellent d'eau de mer. Ils se tiennent, immobiles et menaçants, devant lui.

— Tu vois, nous avons fini par regagner la terre ferme, dit l'un d'eux.

— Crois-tu que le passé soit oublié ? interroge l'autre.

Face à cette vision, les lèvres de l'homme laissent échapper un murmure :

— Ils sont revenus ! Ils sont revenus des profondeurs de la mer pour se venger ! Ils sont là, tous les deux !

— Ne vous agitez pas, mon fils, je vais prendre soin de vous.

La voix qui vient de parler est celle d'un vieil homme, agenouillé près du mourant. D'une main tremblante, il lui relève la tête avec peine tandis que de l'autre, il tente de verser entre ses lèvres le contenu d'une fiole.

— Essayez de boire cette préparation à base de sauge officinale et d'*aqua ardens*, cela devrait sans doute faire tomber la fièvre et vous rendre quelques forces… Non, n'essayez pas de parler. Je vais vous conduire jusqu'à mon refuge, j'y serai plus à mon aise pour vous prodiguer mes soins.

Ce disant, il étend le corps de son patient sur une civière confectionnée à la hâte avec quelques branchages, à laquelle il attelle le cheval, qui était demeuré près de son maître. Une fois le corps arrimé, le vieil homme ordonne à l'animal d'avancer. Voyant que le malade entrouvre les yeux, il s'adresse de nouveau à lui :

— Oh ! bien sûr, je ne suis pas médecin, je ne suis qu'un vieil homme de Dieu, un pauvre ermite à la santé déjà fragile, mais lorsque je vivais au monastère autrefois, j'avais plaisir à entretenir l'*herbalurius*, notre jardin d'herbes médicinales, et les frères m'ont enseigné les rudiments de l'art de guérir. Je tâcherai de me souvenir de leurs préceptes.

En achevant sa phrase, l'ermite lève anxieusement les yeux vers le ciel. La nuit et l'orage sont sur eux maintenant, et le chemin n'offre aucun abri. Dans un éclair qui illumine tout à coup les hauteurs rocheuses de la Sierra de Aracena, une eau froide et drue se déverse soudain sur les deux hommes et leur monture.

— Ne perdez pas courage, mon fils ! Nous ne sommes plus qu'à quelques pas de mon refuge.

Un peu plus tard, le vieil homme étend le corps ruisselant de l'inconnu à même le sol terreux d'une cabane de pierres sèches qui prolonge l'entrée d'une grotte naturelle. Épuisé, il s'assied un instant pour reprendre son souffle. Lorsque sa respiration retrouve un rythme normal, il s'adresse enfin au malade :

— Voilà mon humble demeure, mon fils. Mais avant de vous examiner, je vais préparer un feu : cela ne tardera pas à vous réchauffer.

Alors que de grandes flammes charbonnent l'étroite voûte de pierres, l'ermite, d'une main dont il peine à contrôler les tremblements, ôte la chemise et les chausses de son patient pour mieux observer sa peau.

— Ces rougeurs purulentes me rappellent l'affection du feu Saint-Laurent, se dit-il tout haut. On peut sans doute les soigner en préparant un cataplasme de racines de mandragore et de lard de cochon. Toutefois, ce corps brûlant de fièvre pourrait aussi bien être la proie du feu Saint-Benoît, et dans ce cas, il conviendrait de lui faire boire un électuaire à base de lys, de rue sauvage et de sauge… À moins qu'il ne s'agisse tout simplement d'un cas particulier de fièvre de Saint-Georges, que je pourrais peut-être calmer par une décoction de pavot bouilli et de fleur de rose…

Au plus fort de ses interrogations, il est soudain interrompu par son patient :

— Je vous remercie de votre bonté, mon père,

mais ne vous donnez pas la peine de me soigner. Plus aucune médecine ne pourra me venir en aide. Si vous êtes un homme de Dieu, il est plutôt l'heure d'entendre ma confession.

L'ermite, hésitant un moment entre les soins à porter au corps et ceux que réclame l'âme, se décide enfin à s'agenouiller près de cet homme pour recueillir ses dernières paroles.

— Je vous écoute, mon fils. Parlez à voix basse, et tâchez d'économiser vos forces.

Dans un ultime effort, le malade prend alors une longue respiration entrecoupée de hoquets et chuchote d'une voix à peine perceptible :

— Bénissez-moi mon père parce que j'ai péché. Il y a de cela bien longtemps... Quinze années exactement... C'était au début du printemps 1250... Je m'étais embarqué à Séville en compagnie d'autres marchands comme moi... sur une nef qui devait descendre le Guadalquivir puis traverser la Méditerranée... Nous faisions route vers Saint-Jean-d'Acre, en Orient... Le marché des épices et de la soie était florissant... Nous avions tant de richesses, mon père... tant de richesses que rien ni personne ne pouvait nous atteindre... Mais une fois en haute mer... un homme, prénommé Sebastian, et son jeune frère Felipe...

— Je vous écoute, mon fils. Qu'est-il arrivé ?

— Je... je ne l'ai pas voulu... Ce n'est pas moi... vous devez me croire... Je le jure devant Dieu. Vous comprenez, comme les autres, j'ai eu peur...

— Peur de quoi mon fils, ou peur de qui ?

— Peur de... de... Je n'aurais jamais dû... Maintenant, ils sont revenus d'entre les morts… quinze ans plus tard… revenus tous les deux pour se venger… Ils ont déjà pris quatre vies… celles de marchands qui s'étaient embarqués avec moi sur cette nef…

Ces mots sont les derniers que prononce le moribond. L'ermite fait alors plusieurs signes de croix au-dessus de ce corps que la vie vient de quitter et récite à mi-voix une longue prière. Puis, considérant que l'âme du défunt repose désormais en paix, il se décide à ouvrir la sacoche de cuir qui se trouve encore accrochée en bandoulière au cadavre. Il en sort des vivres déjà secs, un couteau et une bourse largement pourvue de pièces d'or, à laquelle il ne porte que peu d'attention. Tout à coup, son regard est attiré par un parchemin marqué d'un sceau daté de 1250 et représentant un navire marchand. Le vieil homme, qui se rapproche à pas lents de la lumière des flammes, découvre les phrases suivantes :

*Quatre sont déjà morts, tu seras le cinquième.*
*Lorsque le jour s'achèvera,*
*le mal que nous portions en nous*
*coulera dans ton sang.*
*S'il est vain de vouloir sauver ton corps,*
*sans doute peux-tu laver les crimes*
*qui souillent encore ton âme.*

« Voilà un message bien étrange, se dit le vieillard. Ce malheureux savait donc que son trépas était proche. Pour ma part, si mes forces me le permettent encore, je me mettrai en route dès demain pour gagner la plaine et signaler aux autorités la mort de cet homme. Sans doute un médecin saura-t-il mieux que moi mettre un nom sur le mal qui vient de l'emporter. »

# 2

*Séville, quinze années plus tôt, le 16 mai 1250.*

Une nef ventrue, montée à quatre mâts de voilure, est à quai. La foule de marchands qui prennent place à son bord semble indiquer que l'embarcation lèvera l'ancre le jour même. Les hommes d'équipage, à l'aide d'un cabestan fixé sur la vergue du grand mât, hissent les vivres les plus pesants sur le pont, avant de les entreposer dans les cales. Il y a là de quoi nourrir et désaltérer cent hommes durant plus d'un mois de mer : des sacs entiers de fruits secs, de fèves ou de pois, des morceaux de viande séchée, fumée et salée, des tonneaux d'eau et de vins épicés. Après les provendes, ce sont maintenant des caisses marchandes, regorgeant de soieries, de laine, de bijoux et d'épées de Tolède qui sont acheminées à bord puis arrimées dans l'humidité sombre de la sentine et du pont inférieur. Pour finir, une douzaine de chevaux, appartenant aux plus riches des marchands, sont conduits à bord. Un à un, ils prennent place dans des stalles étroites, construites sous le château arrière, avant de voir leurs pattes solidement attachées avec des cordes en lin pour les préserver du roulis.

Sur le pont, le contremaître donne déjà ses ordres de manœuvre. Des marins, chargés de lourdes voiles carrées, montent sur le grand mât et sur la misaine pour les fixer sur les vergues. Ce sont ensuite des voiles triangulaires et plus légères qui sont gréées sur le mat arrière et d'artimon, prêtes à être déferlées au moment du départ.

Les derniers passagers se pressent sur la passerelle d'accès. Il y a là des marchands sévillans habitués aux longs voyages vers l'Orient, richement vêtus et chargés de pesantes sacoches de cuir, qui côtoient d'humbles pèlerins, portant une simple besace et leur bâton. Avant de prendre pied sur la nef, tous s'acquittent du paiement du voyage et de la taxe sur les marchandises transportées. Vêtus tous deux d'une longue robe jaune, un employé des douanes portuaires et un contrôleur des coffres royaux se tiennent près d'un vieux scribe édenté qui note les noms et prénoms de chacun avant de leur faire signer le registre de bord.

À cent pas de là, au sortir de la rue des tavernes, deux personnes accompagnées d'un enfant observent les préparatifs de l'embarquement. Elles hésitent à s'approcher du bateau. L'une d'elles, en remarquant la catapulte dressée sur le château avant, prend tout à coup conscience des périls du voyage.

– Es-tu certain que c'est la bonne décision,

Sebastian ? Sans doute n'est-il pas trop tard pour changer d'avis. Ne nous embarquons pas sur cette nef, il y a bien trop de risques. As-tu pensé aux tempêtes, aux pirates ou aux maladies ? Restons à Séville, et tant pis si nous demeurons pauvres toute notre vie...

– Non, Lysandra, nous en avons déjà trop longuement parlé. Tu sais que c'est la seule solution. À Séville, notre officine de tissage ne nous permet plus de vivre dignement. Là-bas, en Orient, les confréries de teinturiers et de drapiers amassent des fortunes, le commerce est florissant, les ports actifs, les villes fastueuses. La renommée des étoffes du Levant est telle que nos clients viendront très vite du royaume de France, de Venise ou de Palerme. Nous devons partir. Ce voyage est notre seule chance. Le peu d'économies qu'il nous reste nous permettra de nous installer à Saint-Jean-d'Acre. De toute façon, il n'est pas question de nous, c'est pour notre fils Galeo que nous devons faire ce voyage. Pour qu'il ne manque jamais de rien.

Sebastian serre son fils contre lui. L'enfant est âgé de sept ans à peine. Il lève les yeux vers son père tout en désignant la nef marchande.

– Est-ce le bateau sur lequel nous allons partir avec maman ?

– Oui, Galeo, c'est bien ce bateau que tu vois là-bas, dit le père en s'agenouillant à la hauteur de son fils. Mais écoute-moi : dès que l'on va s'approcher de la nef, et tout le temps que durera la traversée, tu ne devras plus jamais appeler ta mère *maman*. À bord, les femmes sont interdites. Voilà pourquoi ta mère s'est habillée en homme pour faire ce grand voyage. Dorénavant, nous devons tous les deux l'appeler Felipe. Et Felipe est censé être mon jeune frère, tisserand lui aussi.

– Pourquoi les femmes n'ont pas le droit de monter sur le bateau ? demande le garçon.

– Les hommes d'équipage pensent qu'un grand malheur s'abattrait sur le navire si une femme montait à son bord. Mais ce sont là des croyances d'un autre âge. De la superstition.

C'est au tour de la mère de s'agenouiller près de son fils. Ses habits d'homme et ses cheveux qu'elle a coupés le matin même lui donnent l'aspect d'un frêle adolescent imberbe.

– Écoute-moi bien, lui dit-elle. Tu as compris : personne ne doit se douter que je suis ta mère. À bord, nous nous parlerons donc le moins possible. Tu dois comprendre que nous faisons cela pour toi. Promets-moi maintenant que tu m'appelleras Felipe. Oncle Felipe.

– C'est promis… oncle Felipe. Je le ferai.

Du haut de la vergue, les hommes d'équipage s'apprêtent déjà à déferler la voile de misaine. Sebastian se met en marche, suivi par sa femme et son fils. Tournant le dos aux arsenaux royaux, ils longent la Casa de la Moneda et ne sont plus qu'à une dizaine de pas de la passerelle d'accès à la nef. Sebastian est forcé de s'arrêter un instant pour attendre Lysandra qui, malgré elle, a ralenti son allure. À mesure que la jeune femme se rapproche du bateau, ses mains se mettent à trembler, son teint pâlit. Ses jambes semblent ne plus pouvoir la soutenir. À pas lents, elle rejoint enfin son mari et lève les yeux vers le navire qui est à quai. La nef marchande, cette forteresse d'hommes, se dresse menaçante. Tous trois sont les derniers passagers à monter à son bord. Devant eux, un prêtre répond aux questions du scribe avant de pouvoir s'embarquer :

– Nom, prénom ?

– Je suis le père Johannus Van Neesroy.

– Quel est l'objet de votre voyage ?

– J'ai fait le vœu de mettre mes pas dans ceux du Christ. J'irai donc, si Dieu me prête vie, jusqu'en Terre sainte pour y finir mes jours.

Après avoir versé le montant demandé, le prêtre signe le registre et avance en direction du bastingage du château avant, en prenant garde de ne pas gêner les préparatifs de la manœuvre de départ. Puis vient le tour de Sebastian.

– Nom, prénom ? demande le scribe.

– Sebastian Rodrigo, et voici mon fils Galeo ainsi que mon jeune frère Felipe, dit-il en tentant de dissimuler le corps de sa femme.

– Quel est l'objet de votre voyage ?

– Je suis tisserand, et nous allons nous établir à Saint-Jean-d'Acre.

Le scribe trempe la plume dans un encrier de corne et la tend à Sebastian. Ce dernier prend appui sur l'écritoire, signe le registre puis avance de quelques pas vers le pont. C'est maintenant au tour de Lysandra de se retrouver devant le préposé aux écritures. Celui-ci, sans même lever les yeux de son registre, lui tend à son tour la plume, puis, en découvrant la finesse de la main qui s'apprête à s'en saisir, il retient tout à coup son geste. Il relève les yeux puis dévisage un long moment l'être qui se tient devant lui. La jeune femme, incapable de soutenir ce regard, détourne la tête.

— Tes mains sont bien fines et ton teint bien pâle, Felipe, quelle sorte d'homme es-tu donc ?

Le cœur de Lysandra bat à se rompre. La gorge nouée par la peur, elle est incapable de répondre et cherche du regard son mari qui observe la scène sans pouvoir intervenir. Un long silence s'installe quand, sur le pont du bateau, un homme richement vêtu s'avance vers la passerelle et crie d'une voix grossière :

— Eh ! toi, le mignon ! Réfléchis bien avant de monter à bord, car si les pirates t'attrapent, ils auront tôt fait de faire de toi un eunuque pour leur marché aux esclaves !

Une cascade de rires arrogants, qui provient d'un petit groupe de huit riches marchands sévillans, fait aussitôt écho à cette phrase. Le scribe lui-même, en tendant enfin la plume à celle qu'il prend pour un homme, manque de s'étouffer, emporté par sa propre hilarité.

Tout à coup, Galeo, ne supportant pas les moqueries dont sa mère est victime, se précipite vers le groupe de marchands pour les faire taire :

— Arrêtez, arrêtez, vous n'avez pas le droit ! crie-t-il en se ruant sur eux.

Mais avant même de les atteindre, il est rattrapé par son père, qui l'emmène de force vers les ponts inférieurs du bateau.

## 3

Il est un peu plus de midi lorsqu'un cavalier, suivi d'un nuage de poussière, pénètre au grand galop dans la forteresse sévillane de l'Alcazar. Confiant en toute hâte les brides de son cheval au premier serviteur qui se présente devant lui, il demande à être reçu au plus tôt par Abraham Alfaquin, le médecin du roi. Quelques instants plus tard, un nouveau serviteur vient à sa rencontre :

– Suivez-moi. Maître Alfaquin se trouve dans les appartements royaux, mais il va vous recevoir. Veuillez l'attendre dans la bibliothèque.

Visiblement familier des lieux, le jeune homme traverse un patio bordé de palmiers et pousse la porte d'une pièce où travaillent, dans un silence que rien ne vient habituellement troubler, des copistes, des calligraphes et des enlumineurs. Malgré la sérénité et la fraîcheur apaisante de ce lieu, où règnent les senteurs discrètes des papyrus égyptiens et des rouleaux araméens, le jeune homme ne parvient pas à garder son calme. Incapable de rester assis, il marche nerveusement, heurtant le sol du talon de ses bottes. À peine l'homme qu'il souhaite rencontrer se profile-t-il dans l'embrasure de la porte que le jeune homme se précipite vers lui :

— Maître, j'arrive de la Sierra de Aracena. Avec de mauvaises nouvelles.

Abraham Alfaquin, aux cheveux et à la barbe blanchis par les ans, au dos courbé, se déplace à petits pas et répond d'une voix que rien ne semble pouvoir affecter :

— Je suis heureux de te revoir, Aguirre. Mais, vois-tu, ton agitation ne convient pas à la quiétude de cette bibliothèque ; suis-moi plutôt au jardin, nous y serons plus à notre aise pour discuter.

Le jeune homme, prenant alors le médecin du roi par le bras pour le soutenir, chemine avec lui dans une allée ombrée d'orangers. Après quelques pas, le vieil homme l'interroge :

— Tu me disais être porteur de mauvaises nouvelles ?

— Oui, maître, un cinquième cas du mal vient d'être signalé dans un village à l'ouest de Séville. Tout comme les quatre victimes précédentes, l'homme n'a pas survécu à cette fièvre. Sa dépouille portait encore sur le visage les marques rouges des plaques infectées. Elle a été ramenée au village de Sanlúcar la Mayor par un vieil ermite qui l'a découverte étendue au pied de son cheval, sur les hauteurs de la Sierra de Aracena.

— Le corps a été retrouvé dans les montagnes, me dis-tu ? C'est surprenant. Pour la première fois, la victime de cette fièvre ne serait donc pas un riche marchand de Séville ?

— Détrompez-vous, maître Alfaquin, les documents trouvés sur le cadavre prouvent bien que celui-ci était encore une fois un Sévillan enrichi par le commerce. Cet homme avait sans doute cherché à échapper au mal en fuyant la ville.

Après cette réponse, le médecin du roi garde le silence un long moment. Visiblement en proie à de vives interrogations, il s'assied sur un banc de pierre tout près d'une fontaine. Seuls le ruissellement discret de l'eau sur la pierre et le chant des oiseaux dissimulés dans le feuillage des palmiers se font entendre. Après avoir, d'un simple geste de la main, invité son jeune interlocuteur à prendre place à ses côtés, le vieux maître prolonge sa réflexion à voix haute :

— Bien étrange contagion que celle-ci, qui semble choisir ses victimes à dessein. Aucune femme, aucun enfant, aucun vieillard ne contracte jamais cette fièvre-là... seulement de riches marchands de notre ville, dont aucun n'a pu échapper à la mort.

Puis, s'adressant de nouveau au jeune homme :

— Voilà plus de soixante années que j'exerce la médecine, et je n'ai jamais entendu parler d'un cas semblable à celui-ci. Son étude est sans doute fort intéressante, et c'est pour cela que je t'ai d'abord choisi, toi, mon seul disciple, pour aller enquêter sur ce mal. Je dois pourtant laisser à d'autres que nous le soin d'éclaircir ce mystère. Cette entreprise réclame en effet un temps que ni toi ni moi ne possédons. Les années ont désormais trop de prise sur mon corps et le peu de temps qu'il me reste doit être employé à te léguer toutes mes connaissances plutôt qu'à enquêter sur une nouvelle épidémie. Notre roi Alfonso X le Sage a besoin d'un grand médecin et il te reviendra de veiller sur sa santé et celle de sa cour lorsque je quitterai ce monde. Bientôt.

– Vous m'avez souvent dit entendre le pas familier de la mort lorsqu'elle s'approchait de vos patients ; l'entendez-vous aujourd'hui s'avancer vers vous ?

– Oui, elle s'est annoncée il y a plusieurs jours de cela. Mon corps est usé, il a déjà navigué sur bien des mers et traversé bien des continents ; il a trop souvent aussi côtoyé les maladies pour ne pas en avoir été affaibli. Jamais toutefois je ne me suis plaint de vieillir, car j'ai appris très tôt que ce privilège n'était pas accordé à tout le monde, et, ma dernière heure venue, je ne me plaindrai pas non plus de devoir mourir. Les hommes passent, c'est dans l'ordre des choses, seul le savoir doit rester et se transmettre au fil des siècles. Je remercie Dieu de m'avoir permis de te rencontrer, au soir de ma vie. J'ai tout de suite décelé en toi les qualités d'un grand médecin, le plus grand d'entre nous peut-être, et il n'a pas été difficile de convaincre notre roi que toi seul pourrais me succéder un jour à la cour royale de l'Alcazar de Séville. Voilà pourquoi je dois parfaire ton apprentissage tant que mes forces me le permettent.

– Accordez-moi au moins la faveur de poursuivre, en marge de mes études auprès de vous, cette enquête sur ce mal qui a déjà causé la mort de cinq marchands sévillans.

Visiblement embarrassé mais non surpris par cette requête, Abraham Alfaquin inspire longuement avant de répondre.

— Tu sais en quelle estime je te tiens, Aguirre. J'ai appris, durant ces longs mois que tu viens de passer auprès de moi, à apprécier tes qualités de cœur au contact de ceux qui souffrent. Je connais aussi ton sens de la justice, et la droiture dont tu fais preuve en toutes circonstances. Mais d'après moi, tu mets bien trop de passion à vouloir expliquer cette contagion. La médecine, tu le sais bien, requiert du calme et de la sérénité, elle n'a que faire de l'agitation excessive qui est la tienne dans cette affaire. Crois-moi, j'ai longuement réfléchi à la question et je m'en suis déjà ouvert à notre roi, qui s'est montré soucieux de préserver son peuple d'une épidémie. Le mieux que nous puissions faire pour l'instant est de soumettre ce cas à la seule personne qui, à ma connaissance, sera en mesure de l'élucider.

— De qui parlez-vous, maître ?

— Harmad Ibn Akzar, l'un des grands savants de notre pays ; il enseigne la philosophie et la médecine au Studium Generale de Séville. Je connais bien cet homme et j'ai toute confiance en lui. Tu sais que je lui ai confié l'éducation de ma propre fille, Sarah. Elle se destine à devenir la ventrière des femmes de la famille royale et aura un jour l'honneur de les aider à mettre au monde les princes du royaume. Va donc trouver le maître Akzar au plus tôt et rapporte-lui tout ce que nous avons déjà appris sur ce mal. Parle-lui des premiers cas, sans omettre de mentionner la cinquième victime qui vient de s'éteindre dans les montagnes de la Sierra de Aracena. Lorsqu'il t'aura entendu, demande-lui de conduire cette enquête au nom de notre roi.

# 4

Les amarres viennent d'être larguées. Au pied de la Torre del Oro, qui domine le port de Séville, les femmes de marchands agitent les bras pour saluer leurs maris qui partent vers l'Orient. Ces derniers, réunis sur le château arrière de la nef, répondent à ces ultimes gestes d'adieu venus de la terre, tandis que les hommes d'équipage, sans un regard vers la cité, s'affairent déjà aux manœuvres de départ. Mais, à mesure que l'embarcation glisse sur les eaux du Guadalquivir, les silhouettes demeurant sur le quai se font plus vagues et les ponts supérieurs de la nef se vident lentement de leurs occupants qui vont, les uns après les autres, s'étendre dans la fraîcheur apaisante de la sentine ou s'asseoir sur des ronds de cordages ombragés par les voiles.

Pendant ce temps, dans les profondeurs humides du bateau, Sebastian, sa femme et leur fils Galeo finissent de s'installer. Soucieuse de préserver le secret de la véritable identité de Lysandra, la famille s'établit le plus loin possible des passagers, dans les moiteurs insalubres des cales, tout près des stalles où sont attachés les chevaux. C'est là, dans la pénombre où les odeurs âcres des bêtes se mêlent aux moisissures de la coque, que les parents du garçon disposent leur couche, faite de paille et de chutes de tissus enfermés dans un drap.

— Galeo, dit tout bas la mère à son fils, craignant que sa voix de femme ne vienne la trahir, si nous demeurons dans cette obscurité, ton père et moi, c'est pour ne pas attirer l'attention sur nous. Mais toi, tu peux te mêler sans risque aux hommes d'équipage et aux passagers, là-haut, où l'air est plus sain qu'ici. Va, rappelle-toi seulement que pour tout le monde, je suis ton oncle Felipe.

Galeo gravit une à une les différentes échelles qui conduisent des stalles sombres aux ponts supérieurs inondés de soleil, atteint enfin le château arrière de la nef, et observe Séville. Le regard du garçon se plaît tout d'abord à s'accrocher à la lumière bleutée que renvoient les azulejos des édifices mauresques. Il s'attarde longuement sur la façade d'une riche demeure ornée de zelliges et de faïences vernissés. La cité, par ce clair matin de printemps, semble jouer avec la lumière du soleil. Elle n'est plus qu'une succession de reflets qui l'éblouissent.

— Est-ce la première fois que tu quittes Séville ?

Cette voix qui s'adresse à lui fait se retourner brusquement Galeo. Il aperçoit un homme de grande taille, à peine plus âgé que son père, au visage maigre et allongé.

— Oui, répond le garçon sur ses gardes, c'est la première fois que je pars en voyage avec mon père et... mon oncle Felipe.

— Comment t'appelles-tu ?

— Je m'appelle Galeo Rodrigo. Et vous, est-ce votre premier voyage ?

— Au contraire, c'est sans doute le dernier. Je suis un pèlerin venu de la lointaine province des Flandres, au nord de l'Europe. Mais puisque tu m'as dit ton nom, sache que je suis le père Johannus Van Neesroy.

— Si vous connaissez les bateaux et leurs équipages, se risque à demander le garçon, vous pourrez peut-être me parler du travail de chacun à bord ?

— Ton père ne veut-il pas te l'expliquer lui-même ?

— Non... mon père Sebastian préfère se reposer avec... son frère, en bas.

— Dans ce cas, répond le pèlerin, je veux bien te servir de guide.

Au même moment, la nef dépasse les dernières demeures de Séville, qui disparaît derrière la lumière ocre de ses remparts, et déjà le pilote aperçoit, sur la rive droite du fleuve, les contours de San Juan de Aznalfarache. Cette cité, qui semble surgir d'une forêt de palmiers, ne laisse voir d'elle que de minces traits verticaux qui s'élancent vers le ciel, sans qu'il soit encore possible de dire s'il s'agit des minarets séculaires ou des tout nouveaux clochers des églises chrétiennes. Ombrageant un instant son front pour apercevoir à son tour la lointaine cité, le père Van Neesroy dépose ensuite sa besace et son bâton à ses pieds, et désigne au garçon les personnes se trouvant à bord de la nef :

— Vois-tu cet homme-là, qui tient un recueil de cartes à la main ? C'est le pilote ; on l'appelle aussi le navigateur. C'est lui qui guidera notre nef à travers les mers. Grâce à cette boussole enchâssée dans son livre de cartes, il saura conserver notre cap, et grâce à l'astrolabe, il connaîtra toujours notre position.

— Et ceux-là, tout là-haut, demande Galeo en désignant les hommes grimpant aux mâts et aux vergues, que font-ils ?

— Ils ferlent et déferlent les voiles préparées par le maître voilier, que tu vois là-bas avec sa paumelle, ses aiguilles, ses poinçons et ses lissoirs. Plus loin, cet homme qui se tient près du bastingage, c'est le maître charpentier : il s'occupe du calfatage de la coque.

— Et ceux-là, là-bas, qui sont-ils ?

Un groupe de huit hommes, allongés au pied du grand mât, rient et parlent à voix haute en faisant circuler, de main en main, un pichet de vin.

— Ceux-là, répond le pèlerin dont les traits se durcissent imperceptiblement, ce sont des marchands sévillans, les plus riches des passagers. Ils ont bâti leur fortune en achetant des vins de Nephin, de Batroun et de Chypre ou encore du safran, de la cardamome, des piments, du poivre et aussi des porcelaines de Chine qui transitent par Saint-Jean-d'Acre grâce aux Arabes et qu'ils revendent à Séville à prix d'or. Ceux-là ont tous les droits, ils ne sont pas rationnés en nourriture comme nous le sommes, et peuvent puiser autant d'eau qu'ils le souhaitent. S'il t'arrive d'avoir soif, en pleine mer, lorsque tu auras épuisé ta ration du jour, tu les verras même te narguer en faisant leur toilette avec de l'eau douce. Ces hommes-là sont les vrais maîtres à bord. Ils savent aussi se préserver de la maladie en se gardant des lieux les plus malsains de la nef, qu'ils abandonnent aux plus pauvres des passagers.

Cette dernière réponse laisse Galeo pensif un long moment. Le pèlerin se saisit alors en silence de sa besace et en extrait plusieurs ouvrages dont un, très volumineux, qui, l'espace d'un instant, laisse entrevoir au garçon des dessins représentant le corps humain et illustrant un texte écrit en latin. Mais la main du père Van Neesroy renferme aussitôt ses livres dans son sac pour n'en conserver qu'un seul, un simple recueil de cartes qu'il feuillette tout en regardant attentivement les rives du Guadalquivir. « Voici Coria del Rio, se dit-il en apercevant un village entouré d'orangeraies, puis, un peu plus tard, nous dépasserons Ermita de la Vera Cruz. » À cet instant, son regard, qu'il détache de son livre, est attiré par un vol d'oies cendrées. Ces oiseaux, qui vivent habituellement dans les dunes sableuses et les marécages, au débouché du fleuve, lui annoncent que la mer n'est plus très loin.

À ses côtés, le garçon est toujours absorbé dans sa réflexion. Rompant enfin son silence, il s'adresse une fois encore au pèlerin :

— Que se passerait-il si, une fois en mer, on découvrait qu'il y avait une femme à bord ?

— Je l'ignore, car je n'en ai jamais fait l'expérience. Je suppose que les hommes la débarqueraient aussitôt, à condition bien sûr que l'on navigue à proximité d'une côte. Mais si la nef se trouve en pleine mer, je ne sais quelle serait leur réaction.

*Pourrai-je une seule fois regarder au plus profond de mon être et y voir autre chose qu'un assassin ? Voilà plus de dix ans que la partie la plus noire de mon âme a lentement élaboré le meurtre de ces hommes. Dix années que mon bras a donné la mort, et l'odeur âcre du sang de mes victimes me poursuit toujours. C'est elle que je sens au réveil et aussi, tard dans la nuit quand, après avoir marché tout le jour sous le feu brûlant de l'été ou sous les froides averses de l'hiver, le sommeil finit par me gagner. Tous les jours que Dieu m'a accordé de vivre depuis ce temps-là, je revois leurs regards terrifiés se poser sur moi. Pourtant, je ne me souviens pas que ma main ait tremblé un seul instant. Après avoir vu le premier corps sans vie, étendu devant moi, je savais que d'autres suivraient. Je savais que je ne m'arrêterais pas avant d'avoir achevé ma tâche.*

*Aujourd'hui, je dois au hasard de tenir cette plume entre mes doigts. Avant ce soir, je n'avais jamais éprouvé le besoin de noter par écrit la malédiction qui m'a jadis poussé à donner la mort.*

*Depuis que j'ai quitté Séville et que je chemine sur les routes d'Afrique, pour me fuir moi-même, je suis devenu étranger à ce que j'étais autrefois, renonçant à mes devoirs, à mes principes et à mon propre nom aussi. Mais, malgré cela, la mémoire de ce que j'ai été demeure ancrée dans les abîmes de mon âme. Ces images, qui n'ont de cesse de me hanter, j'entreprends aujourd'hui de les coucher par écrit sur ces carnets de route.*

*Celui qui m'a offert cette plume, ce parchemin et cet écritoire est un scribe itinérant qui m'accompagne sur les sentiers et les routes menant au port de Ribat el-Fath, où nous nous rendons tous les deux. Ce n'est pas la première fois que je voyage avec un compagnon de route. Depuis que je suis devenu apothicaire ambulant, proposant mes poudres, mes électuaires, mes onguents, mes pommades et mes fioles sur les marchés et les foires de tout le pays, mes pas se sont souvent confondus avec ceux de ces hommes que la providence a jeté sur les routes, qu'ils soient vendeurs d'épices, charmeurs de serpents, prisonniers en fuite, ou simples voyageurs. Adzirk va lui aussi de ville en ville, s'installant sur les places publiques, il rédige des lettres privées, ou se met au service des marchands pour tenir leurs livres de comptes. Le soir venu, lorsqu'il cesse de travailler, il ne referme pas pour autant son écritoire ; il range avec soin ses coûteuses feuilles de papier fabriquées à partir de débris de lin, et se met à noter des vers qu'il compose sur des cahiers achetés à bon marché à des parcheminiers. Le premier jour de notre rencontre, je l'ai regardé faire en si-*

*lence, couché sur mon unique couverture, tandis que les flammes d'un feu de camp me rougissaient les joues. Le deuxième soir, alors que nous avions marché tout le jour en direction du couchant, laissant loin derrière nous les remparts de Meknès, Adzirk, devinant sans doute que j'abritais un lourd secret, s'arrêta un instant d'écrire, plongea sa main dans sa besace et en retira une plume, un encrier de corne et un carnet fait de sept feuilles de parchemin qui avaient été tout d'abord pliées, avant d'être découpées et étroitement liées entre elles par des fils de lin. « Coucher nos démons par écrit peut parfois nous aider à les chasser de notre âme », me dit-il simplement avant de reprendre sa plume.*

*Sept jours de marche nous séparent aujourd'hui de Ribat el-Fath. Chaque soir, je tâcherai de noter sur une feuille comment, il y a dix années de cela, je suis devenu un assassin. En arrivant à destination, j'aurai rempli les sept pages de mon carnet. Je me rendrai alors au port et remettrai ces écrits au pilote d'une embarcation remontant vers le nord, et je lui demanderai de les remettre à la personne dont je lui confierai le nom et l'adresse.*

# 5

Aussitôt après avoir salué le médecin du roi, Aguirre, quittant les jardins de l'Alcazar au pas de course, saute sur son cheval et se met en route vers le Studium Generale, à la rencontre du maître Harmad Ibn Akzar. Mais le galop qu'il impose à sa monture ne dure qu'un court instant. En pénétrant dans les premières ruelles de Séville, le voilà pris dans un encombrement d'ânes et de charrettes. C'est jour de marché et la cité est en pleine effervescence. Il demande qu'on lui fasse de la place, en vain. La rumeur du peuple de marchands, les hennissements et les braiments couvrent sa voix. À peine s'est-il frayé un passage étroit entre les attelages qu'au sortir de la rue des tonneliers il se retrouve de nouveau pris au milieu d'une caravane muletière progressant dans un épais nuage de poussière. Demandant sans cesse pardon pour les écarts de son cheval, Aguirre atteint enfin la Plaza San Francisco où les fumées d'aloès brûlé se mêlent aux parfums des épices les plus variées. Toutefois, un attroupement autour d'un conteur de légendes sur sa droite, un marchand de chausses sur sa gauche et une armée de porteurs d'eau en face de lui forment un rempart infranchissable. Contraint de mettre pied à terre, le jeune homme confie son cheval à un tanneur et le charge, en échange de quelques dinars, de le surveiller jusqu'à son retour. S'engageant à pied dans le cœur de Séville, Aguirre, qui avance alors entre un étal d'épées de Tolède et celui d'un joaillier, sent soudain les deux mains noueuses d'une vieille prophétesse des rues se refermer sur son bras droit en lui confiant :

— La mort, beau jeune homme... je vois la mort, tout autour de toi...

Aguirre, surpris, hésite un court instant à se dégager de la prise de la vieille femme ; celle-ci en profite pour continuer sa prédiction :

— ... Beaucoup de souffrances ont déjà coulé dans tes veines... mais la mort est toujours là, je la sens qui rôde autour de toi...

Alors qu'il se décide enfin à libérer son bras, la prophétesse continue de l'interpeller :

— Tu fuis car tu sais que je dis vrai... tu fuis car tu as peur de ton passé, comme de ton avenir...

— Tais-toi, répond Aguirre en lui déposant un dinar d'or au creux de la main. Je t'en prie, tais-toi !

— Dieu te garde, répond la vieille en resserrant fermement son poing sur la pièce, car je sais que je dis vrai...

Contrarié de s'être ainsi laissé retarder, Aguirre poursuit son chemin vers le Studium Generale dont il aperçoit déjà, à moins de cent pas, la haute façade se dresser devant lui. Deux gardes en armes veillent sur sa porte principale. En arrivant à leur hauteur, le jeune homme demande à être conduit au plus tôt auprès d'Harmad Ibn Akzar.

— Impossible, répond l'un des deux soldats. Le maître Akzar se trouve en ce moment avec ses disciples. Vous devrez donc revenir plus tard ou bien patienter ici, à votre guise.

— Je n'ai aucune intention de l'attendre, répond le jeune homme en forçant aussitôt le passage. J'ai des ordres de maître Abraham Alfaquin lui-même : considérez donc que je suis en mission pour le roi.

L'autorité naturelle d'Aguirre, qu'il doit sans doute à sa voix forte, à sa grande taille et à son regard audacieux, suffit à convaincre les deux gardes, qui le laissent pénétrer dans la prestigieuse université sévillane. Une fois à l'intérieur du Studium Generale, Aguirre se fait indiquer la salle de médecine. Il s'engage dans de longs corridors sombres, traverse des jardins de simples, gravit un escalier et pousse enfin une lourde porte de bois sculpté qui s'ouvre sur une pièce d'où s'échappe une odeur pestilentielle. Là sont réunis, autour de leur précepteur et d'un corps incisé de la poitrine jusqu'au ventre, une quinzaine d'étudiants portant des linges parfumés à leur visage, parmi lesquels il reconnaît aussitôt Sarah Alfaquin, la fille de son propre maître, seule femme de cette assemblée.

Un long tablier de lin, noué étroitement autour de la taille et retombant jusqu'aux chevilles, ne laisse voir de son corps que deux bras minces et blancs. Son visage fin, éclairé par de grands yeux marron, est celui d'une jeune fille d'à peine vingt ans. Tout cependant traduit en elle la maturité et une détermination sans faille. Ses sourcils foncés, dessinant de petites rides à la base de son front, ses mains parfaitement immobiles, son regard se déplaçant lentement sur la surface du cadavre sont autant de signes de son grand calme et de sa quête avide du savoir.

Sarah détache ses yeux du corps étendu devant elle et considère longuement le jeune homme qui, nullement troublé par la puanteur du lieu, se tient immobile devant la porte qu'il a refermée derrière lui. Observant en silence la leçon de dissection, Aguirre ne tarde pas à croiser le regard du maître Harmad Ibn Akzar, homme de grande taille, à la peau mate et à la barbe grisonnante, vêtu d'un long caftan brun dont il a pris soin de relever les manches. Après s'être lentement retourné, le maître considère un instant cet intrus avant de poursuivre son enseignement. De sa place, Aguirre l'entend s'adresser à ses élèves :

— Lorsque le sang a été raffiné dans le ventricule droit, il lui faut passer dans la cavité gauche, où se forment les esprits vitaux. Là, la substance du cœur est solide et, contrairement à ce qu'a cru Galien, il n'existe ni passage visible ni passage invisible pouvant permettre le transit de ce sang. Donc, ce sang, après avoir été raffiné, doit nécessairement passer dans la veine artérieuse, aller ainsi jusqu'au poumon, se répandre dans sa substance et s'y mélanger avec l'air afin que sa portion la plus utile soit purifiée et puisse passer dans l'artère veineuse pour arriver dans la cavité gauche du cœur, devenue apte à former les esprits vitaux. Cette théorie a été dictée pour la première fois par l'illustre médecin égyptien Ibn an-Nafis, mais, puisque vous ne devez jamais rien tenir pour vrai que vous n'ayez vérifié par vous-même, rapprochez-vous davantage des organes internes et observez-les attentivement.

Puis, s'adressant à chacun de ses disciples :

— Outre le fonctionnement et l'emplacement des organes, il importe aussi de connaître leur consistance. Saisissez-vous du foie, voilà, comme ceci, dégagez-le pour l'observer et repositionnez-le à la place qui est la sienne... Maintenant, prenez la vessie et incisez-la pour que l'on puisse observer ensemble ses deux parois, interne et externe. Bien... Refaites à présent chacun de mes gestes, chacun à votre tour.

Après avoir prononcé cette dernière phrase, Harmad Ibn Akzar s'éloigne de quelques pas du corps étendu sur la table, se lave les mains dans une bassine de cuivre puis se dirige lentement vers Aguirre et s'adresse à lui :

— Ainsi, tu es le jeune disciple du maître Alfaquin. Quel est donc ce message si urgent dont tu es porteur ?

Très surpris, le jeune homme répond aussitôt :

— Comment savez-vous qui je suis, maître Akzar ? Nous ne nous sommes pourtant jamais rencontrés avant ce jour.

— J'attendais une réponse à ma question, et non une nouvelle question de ta part, selon la curieuse habitude des philosophes grecs ; toutefois, je suis disposé à te répondre. Je ne te connais pas, c'est vrai. Cependant j'ai tout de suite remarqué, lorsque tu es arrivé, que tu ne paraissais pas troublé par la leçon de dissection, ce qui m'a conduit à penser que tu étais médecin. Par ailleurs, lorsque j'opère ou que j'enseigne, je donne toujours des ordres précis pour n'être dérangé ni interrompu sous aucun prétexte. Or, seul un envoyé de la cour du roi pouvait outrepasser mes consignes et franchir les portes gardées du Studium Generale. J'en déduis donc que tu viens de l'Alcazar royal et, puisque tu sembles être médecin, tu ne peux être qu'Aguirre, le disciple d'Abraham Alfaquin, appelé un jour à devenir le médecin de notre roi. Ensuite, considérant ton aspect, j'ai remarqué la sueur qui coulait sur ton front ainsi que ta chemise, humide et collée à ta peau, ce qui m'a conduit à penser que tu as couru pour venir jusqu'ici et, par conséquent, que ce que tu as à me dire est d'une grande importance. Une question demeure toutefois : pourquoi, si ton message est si urgent, ne m'as-tu pas interrompu ?

— C'est que… vous étiez en train d'exercer, maître Akzar.

— Certes, mais tu as sans doute remarqué, dès ton entrée dans cette pièce, que le corps sur lequel je travaillais avait cessé de vivre depuis longtemps déjà.

— Je pense toutefois qu'un acte de chirurgie, fût-il pratiqué sur un cadavre, ne doit pas être interrompu pour une simple conversation, au nom du respect pour la médecine et pour le corps du défunt qui participe, à sa manière, au progrès de notre science.

Après cette dernière réponse, Harmad Ibn Akzar sourit et prend Aguirre par le bras pour l'entraîner vers le jardin :

— Abraham Alfaquin ne s'est pas trompé : je vois déjà poindre en toi un futur grand médecin. Mais pour l'instant, dis-moi ce qui t'amène ici. Voilà, asseyons-nous sur ce banc, j'y serai plus à mon aise pour t'écouter.

Une fois assis, non loin d'une porte s'ouvrant sur l'un des jardins du Studium Generale, Aguirre s'adresse au maître de médecine qui, de sa position, continue d'observer ses étudiants rassemblés autour de la table de chirurgie :

— Voilà, maître… Il y a un mois de cela, un riche marchand sévillan était frappé par une maladie donnant une forte fièvre, des rougeurs purulentes recouvrant peu à peu l'ensemble de son visage. Quelques jours après, le malheureux, l'esprit égaré, succombait à ce mal.

— Ses proches furent-ils contaminés ? demande le maître de médecine.

— Non, ni sa femme ni ses enfants ne manifestent le moindre signe de maladie, répond Aguirre. L'histoire ne s'arrête pourtant pas là. Trois jours plus tard, un homme, lui aussi marchand de son état, présenta à son tour les mêmes signes, et périt peu après.

– Y a-t-il eu, cette fois, contagion dans l'entourage du malade ? demande encore Harmad Ibn Akzar.

– Non, toujours aucune. Mais une semaine après, un nouveau cas se manifesta : fièvre, délire, infection du visage. Devinez quelle était la victime…

– Je suppose qu'il s'agissait toujours d'un riche marchand et que ses proches ne furent, là encore, nullement atteints par ce mal.

– C'est exact, maître Akzar. Et après cela, deux nouvelles victimes de ces mêmes fièvres furent encore signalées. La dernière a été découverte hier au pied de son cheval par un vieil ermite, sur les hauteurs rocheuses de Sanlúcar la Mayor, un petit village situé à l'ouest de Séville.

Comme Harmad Ibn Akzar peigne longuement sa barbe avec ses doigts, l'un de ses disciples, un jeune homme aux cheveux blonds et au teint pâle, quitte brusquement la table de chirurgie et passe devant lui au pas de course pour se précipiter dans le jardin. Un instant plus tard, le visage livide et s'essuyant la bouche, l'étudiant retourne dans la salle de médecine. Comme il passe à la hauteur de son maître, ce dernier l'interpelle.

– Qui es-tu donc ? Il ne me semble pas reconnaître ton visage.

– Je me nomme Roscelin Chelderay, je viens du royaume de France pour suivre votre enseignement. Je ne suis arrivé à Séville qu'hier au soir et je me suis présenté au Studium Generale dès ce matin.

— Tu désires donc parfaire tes études de médecine ?

— J'en ai l'intention, en effet, répond le jeune homme en relevant péniblement la tête du linge qu'il presse contre ses lèvres pour se préserver des pestilences du cadavre.

— Dans ce cas, répond Harmad Ibn Akzar amusé par ce jeune disciple aussi pâle que le corps qu'il vient de disséquer, prends donc cette curette et tâche d'extraire tout élément étranger ou nécrosé se trouvant encore dans les viscères de notre homme. Puis, à l'aide d'une aiguille et d'un fil en boyau de chat, referme les peaux entre elles, comme s'il s'agissait d'une opération sur un malade encore vivant.

Acquiesçant d'un fébrile mouvement de tête, Roscelin se saisit des instruments et s'en retourne à la table d'opération. Alors seulement, Harmad Ibn Akzar reprend sa conversation avec Aguirre tout en surveillant ses étudiants :

— Ainsi donc, cinq malades ont déjà péri du mal dont tu me parles et qui ne touche que de riches commerçants.

— C'est bien cela.

— Et en quoi puis-je vous être utile ? demande le maître de médecine tout en observant, avec un imperceptible sourire au coin des lèvres, le jeune et nauséeux étudiant français s'employer à recoudre le corps d'une main, sans lâcher, de l'autre, le linge qu'il porte à son visage.

— Vous pouvez nous aider en acceptant, au nom de notre roi Alfonso X le Sage, d'abandonner un temps votre enseignement au Studium Generale pour enquêter sur ce mal.

— Très bien, très bien, répond Harmad Ibn Akzar qui, au même instant, voit Roscelin s'écrouler lourdement sur le sol aussitôt après avoir achevé sa suture. Va donc dire à ton maître, le médecin du roi, que j'accepte cette charge, mais d'après ce que tu m'en dis, le cas est bien difficile à résoudre. Je partirai donc dès demain matin après avoir choisi, pour me seconder, deux de mes meilleurs étudiants. Nous ne serons pas trop de trois pour élucider le mystère de cette contagion.

Harmad Ibn Akzar prend congé d'Aguirre, qu'il raccompagne jusqu'à la porte, puis se dirige en silence vers ses disciples. Enjambant négligemment le corps de Roscelin, toujours étendu à terre et plus pâle que jamais, il examine les futurs médecins un à un. Peignant de nouveau lentement sa barbe avec sa main, il les dévisage longuement, absorbé dans une profonde et muette réflexion. Tout à coup, il se dirige vers la fille d'Abraham Alfaquin.

— Toi, Sarah Alfaquin, tiens-toi prête à m'accompagner demain à l'aube sur la route de la Sierra de Aracena. Nous y conduirons une enquête qui commencera par l'examen attentif d'un cadavre.

La jeune femme acquiesce d'un simple mouvement de la tête pendant que le maître Akzar continue à observer les étudiants réunis autour de lui, se remémorant les qualités de chacun d'eux. Puis, après un long silence, son choix semble enfin arrêté. Il désigne du doigt le corps de Roscelin, toujours étendu à ses pieds, et s'adresse cette fois à tous :

— Quand il sera revenu à lui, vous demanderez à ce jeune homme de me retrouver lui aussi, à la première heure du jour, devant les portes du Studium Generale.

# 6

Assis à même le sol de la cale, Galeo et ses parents avalent en silence un maigre repas composé de viande salée et de pois bouillis. La chaleur suffocante de la journée a laissé place à une lourde humidité. Chargée de la forte odeur des chevaux, elle a déjà pénétré au cœur des vêtements et des couchages. Tout autour d'eux, les grincements sourds de la coque sont parfois accompagnés d'une rumeur plus furtive, qui trahit la présence de rats. La dernière bouchée avalée, Sebastian et sa femme s'apprêtent à se relever lorsque les mouvements du bateau, à peine perceptibles jusque-là, prennent tout à coup une ampleur inattendue. Lysandra, un instant déséquilibrée, est retenue par son mari.

— Que se passe-t-il ? demande-t-elle.

— Ce n'est rien, répond Sebastian en aidant sa femme à s'étendre sur sa couche. Nous abandonnons les eaux calmes du Guadalquivir pour la pleine mer.

— La mer ? s'écrie Galeo.

— À en croire les mouvements du bateau, cela

ne fait aucun doute, lui répond son père. Nous ferions mieux de nous y habituer, car notre voyage durera peut-être plus d'un mois.

Galeo monte alors sur le pont, éclairé seulement par la faible lueur de la lune, et se rend sur le château avant, où son visage dépasse tout juste du bastingage. Là, face à cette étendue sombre qui s'ouvre devant lui, il respire à pleins poumons les embruns venus du grand large. À mesure que la nef progresse vers la pleine mer, il se plaît à observer le moutonnement de l'écume, au sommet des crêtes que forme déjà une houle naissante. À quelques pas de lui, il reconnaît la silhouette du père Johannus Van Neesroy, les yeux perdus dans le ciel.

— Qu'observez-vous là-haut ? demande Galeo au seul homme à bord en qui il ait confiance.

— Les étoiles, bien sûr, répond le pèlerin. Qu'y a-t-il d'autre à voir dans le ciel en pleine nuit ? Tu peux les observer, toi aussi. À en croire *l'Almageste* de Ptolémée, elles seraient au nombre de mille vingt-deux, toutes réunies au sein de quarante-sept constellations.

Comme le garçon, le menton tendu vers le ciel contemple à son tour les astres, le prêtre, pointant son index, lui dit :

— Regarde, cette étoile-ci se nomme Deneb, celle-là, plus au sud, c'est Al-Debaran, et vers l'ouest, en face du bateau, tu peux encore apercevoir Merak, avant que les nuages qui obscurcissent le ciel ne nous privent tout à fait de sa lueur.

Peu à peu, en effet, de grosses nuées viennent masquer l'ensemble de la voûte céleste. Dans le même temps, des vagues, après avoir frappé la proue de plein fouet, retombent lourdement sur le pont, faisant fuir la plupart des passagers qui s'y trouvaient encore. Le vent de ponant, plus fort d'heure en heure, oblige les hommes d'équipage à réduire sans cesse la voilure. Bientôt, seuls les gréements de misaine et d'artimon sont conservés. Pour éviter que l'embarcation ne soit drossée contre les côtes de Cádiz, le navigateur donne l'ordre de faire route plein ouest, vers la haute mer, où des creux de plus de vingt coudées sont déjà formés.

Galeo, prenant soudain conscience du danger, regagne la cale où se trouvent ses parents. Avec la tempête, les profondeurs de la nef résonnent d'un bruit assourdissant. Aux craquements continus des charpentes répond le bruit sourd des sabots des chevaux, qui, sentant leurs appuis se dérober sous eux, s'agitent en tous sens malgré les solides attaches les liant à leur stalle.

– Te voilà enfin, Galeo, dit Lysandra en apercevant son fils. Couche-toi vite à nos côtés et essaie de dormir.

Il est près de minuit lorsque la nef, après s'être suffisamment éloignée des falaises bordant les côtes andalouses, change de cap pour faire route vers le sud. Sur le pont, les hommes d'équipage s'arc-boutent sur le cabestan pour tenter de contrôler la voile de misaine, sans cesse mise à mal par les pans de montagnes liquides qui s'écroulent sur elle. Dans les cales, l'ampleur du roulis ne permet plus de dormir. Après les caisses de marchandise et de nourriture qui glissent d'un bord à l'autre, ce sont les passagers eux-mêmes qui, n'ayant plus la force de se cramponner aux éléments de charpente, sont emportés contre les cloisons ou vont percuter les arêtes de la coque. L'obscurité est complète. Les parents de Galeo protègent leur fils comme ils le peuvent, pressant leur couche contre son corps pour le préserver des chocs et des objets désarrimés roulant sur eux.

Aux premières lueurs du jour, le détroit de Gibraltar est enfin en vue. Les hommes relâchent lentement le bordage des voiles de misaine puis d'artimon et descendent de quelques degrés vers l'est. La nef, poussée maintenant par un bon vent arrière, s'engage vers les eaux moins houleuses de la Méditerranée. Sortant des sentines, les passagers gagnent tous le pont supérieur, heureux de retrouver la lumière du soleil et le grand air. Sur le bâbord de la nef, qui fait maintenant route vers le levant, ils aperçoivent les murs blancs de Tarifa, face aux premiers reliefs de l'Afrique.

Galeo paraît à son tour sur le pont. Il y rencontre le père Johannus Van Neesroy à l'instant même où le bateau pénètre en Méditerranée. À côté d'eux, le pilote maure, après avoir refermé son recueil de cartes, observe longuement les eaux du détroit qui s'ouvre devant lui et prononce solennellement :

— *Al-bahar al-mutawassit.*

– Qu'a-t-il dit ? demande le jeune garçon au prêtre.

– Il vient de saluer, dans sa langue, les eaux dans lesquelles nous naviguons à présent et qu'il désigne comme « la mer qui se trouve au milieu. » Ce nom signifie que les deux continents que tu vois de part et d'autre du bateau ne sont pas séparés par une frontière liquide, mais sont plutôt comme les deux rives d'un même fleuve.

– Un fleuve qui traverserait un seul pays ?

– C'est cela. Autrefois, c'étaient surtout les armes et les soldats qui, en provenance du sud, franchissaient ce bras de mer pour conquérir de nouvelles terres. Par la suite, ces mêmes soldats sont repartis en Afrique, pourchassés par d'autres armées, plus fortes, qui venaient du nord. Avec les soldats, ce furent aussi des familles entières qui prirent la fuite, contraintes par la force de quitter leur terre parce qu'elles ne vénéraient pas le même dieu ou ne parlaient pas la même langue que les nouveaux occupants. Aujourd'hui que nous vivons en paix, ces soldats en armes, ces hommes et ces femmes en fuite ont laissé la place aux marchandises et aux connaissances qui, les unes comme les autres, suivent le mouvement que fait le soleil dans le ciel : elles viennent de l'Orient et vont vers l'Occident.

Toutes les voiles sont maintenant gréées et l'embarcation ne tarde pas à dépasser le port de Ceuta, où se pressent, côte à côte, un navire pisan et un boutre arabe attirés là par le commerce du bois. Sur le pont de la nef marchande, les passagers et les hommes d'équipage, torses nus, seulement vêtus de leurs chausses retroussées jusqu'aux cuisses, hissent à bord des seaux entiers d'eau de mer destinés à leur toilette.

Lysandra, qui pour la première fois vient se hasarder à l'extérieur avec son mari, garde les yeux vers le sol, n'osant ni se laver ni regarder les hommes presque nus autour d'elle. Pourtant son corps, meurtri par une nuit entière de heurts contre les boiseries couvertes de moisissures de la cale, réclame des soins. Sa peau, tout comme celle de son mari, est écorchée en de nombreux endroits et un fin ruissellement de sang coule sur sa jambe. Plongeant timidement le bout de sa main dans un seau pour nettoyer les blessures de ses membres, elle est tout de suite apostrophée par l'un des plus riches marchands, qui fait sa toilette en plongeant ses bras dans un tonneau d'eau potable :

— Alors, Felipe, crains-tu donc tant le soleil que tu préfères te laver tout habillé ?

Lysandra garde le silence. Sebastian, feignant de n'avoir pas entendu, s'approche à son tour d'un seau d'eau de mer.

— Les cales puent déjà assez comme ça, Felipe, alors tâche de te laver comme il faut ! continue un autre homme en s'aspergeant lui aussi d'eau douce.

Cette dernière phrase, suivie par un tonnerre de rires émanant du groupe tout entier des marchands sévillans, contraint Lysandra à s'éloigner du pont supérieur pour regagner les profondeurs sombres de la nef en compagnie de Sebastian.

## 7

La nef marchande a doublé le détroit de Gibraltar depuis une semaine. Grâce au vent de ponant qui souffle avec constance depuis lors, l'équipage pense faire escale en Sicile avant cinq jours. Toutefois, les eaux lisses que le navigateur du bord aperçoit au large semblent annoncer une vaste zone de calme. Peu à peu, la dentelle que produisait la vague d'étrave de chaque côté du bateau s'amenuise pour ne devenir qu'un mince filet d'eau, ridant à peine la surface de la mer. Dès le milieu de l'après-midi, sous un soleil de plus en plus pesant, la nef marchande, à plusieurs jours de navigation de la première côte, s'immobilise presque tout à fait sur sa route, les voiles faseyant à peine.

Depuis qu'il s'est éveillé, Galeo est inquiet. Ses parents, qui n'ont pas quitté leur couche depuis le passage du détroit de Gibraltar, sont atteints de fièvres. De pâles rougeurs, apparues tout d'abord sur leurs jambes, sont désormais visibles sur le visage de son père comme sur celui de sa mère. À la lueur d'une chandelle, le garçon aperçoit même un liquide épais s'échapper de ces petites plaies qui grossissent de jour en jour. Lysandra, qui respire difficilement et dont la voix se fait de plus en plus faible, ne parvient à se faire comprendre qu'en collant sa bouche contre l'oreille de son fils :

— Ne reste pas ici… va plutôt à l'air libre, cette cale… humide et sombre est malsaine… Va au soleil et si tu le peux, lave aussi ton corps à grande eau…

Une fois sur le pont supérieur, Galeo est surpris par le calme et le silence qui y règne. Les grandes voiles blanches, que le vent galbait depuis le départ de Séville, pendent à présent sur les vergues, dans l'attente du moindre souffle d'air. Au pied du mât d'artimon, le navigateur déplie, sans risque qu'elles ne s'envolent, de grandes cartes à même le pont, et pointe le doigt sur la position de la nef marchande, immobilisée entre le nord de l'Émirat de Tunis et le sud de la Sicile. La plupart des hommes d'équipage font la sieste, le torse nu, couchés à même des ronds de cordage jaunis, se levant seulement de temps à autre pour rafraîchir les bois en y jetant un seau d'eau de mer. Seul Galeo se déplace sur le pont car la chaleur accablante contraint tout le monde à l'immobilité. Il cherche le prêtre et l'aperçoit, assis à l'ombre de la voile de misaine, plongé dans la lecture d'un livre qu'il tient sur ses genoux.

— Père Van Neesroy, l'interpelle le jeune garçon, sans se douter de la portée de sa voix qui déchire le profond silence des calmes plats. J'ai besoin de vous, mon oncle et mon père sont malades.

— Je t'ai entendu, lui chuchote aussitôt le pèlerin, mais ne parle pas si haut, Galeo, il n'est pas nécessaire d'alarmer tout l'équipage.

Un marchand, assoupi près du bastingage du château avant, a toutefois entendu la voix du garçon. Il se retourne vers son voisin, étendu à ses côtés, et lui parle à voix basse. À son tour, ce dernier s'entretient avec un autre homme, qu'il vient de réveiller, en désignant Galeo du doigt. Comme Johannus Van Neesroy passe à leur hauteur pour rejoindre les malades, les voix se taisent pour ne reprendre que lorsque le prêtre et l'enfant disparaissent dans les profondeurs de la nef.

S'agenouillant au chevet des époux, le pèlerin, après les avoir interrogés sur le mal dont ils souffrent, s'apprête à les examiner. Comme il essaie de soulever la chemise de Lysandra pour juger de l'état de sa peau, Sebastian lui saisit aussitôt le bras pour retenir son geste.

— Non, mon père, lui dit-il, il n'est pas nécessaire d'ôter les vêtements de Felipe. Laissez-nous tranquilles, maintenant.

— Je peux pourtant vous soigner, répond Johannus Van Neesroy, à condition que j'apprenne, par l'examen de vos symptômes, de quoi vous souffrez.

— Alors occupez-vous plutôt de moi, car avec mon jeune frère, nous avons sans doute contracté le même mal.

— Si vous le voulez, mais je dois vous dire que Felipe paraît plus gravement atteint que vous ne l'êtes.

Pendant que Galeo tient d'une main ferme une

chandelle au-dessus du corps de ses parents, Johannus Van Neesroy, qui a ôté les vêtements de Sebastian, examine en détail chacune de ses plaies purulentes :

— J'aimerais me tromper, mais je crains que vous ne soyez atteint du feu Saint-Sylvestre. Ce mal, qui vit dans les miasmes des lieux confinés et humides comme celui-ci, s'introduit dans le corps par une plaie non lavée. Je vais tenter d'extraire les humeurs des plaies de votre peau, mais pour avoir une chance de vous guérir, j'ai également besoin d'une préparation médicinale dont je ne trouverai les ingrédients que sur la terre ferme. Priez donc pour que les vents se lèvent enfin et que nous atteignions rapidement les côtes de Sicile.

Après avoir nettoyé les plaies de Sebastian, le prêtre se penche sur Lysandra. Son mari s'apprête de nouveau à l'en empêcher lorsque Galeo retient la main tremblante de son père :

— Non, tu dois le laisser faire, sinon elle mourra.

— Elle ? demande Johannus Van Neesroy.

Le père et le fils ne répondent rien. Le pèlerin ôte alors la chemise de Lysandra et découvre les courbes d'un corps de femme. Après un imperceptible mouvement de recul, le prêtre continue de prodiguer ses soins à la mère de Galeo, tout comme il l'a fait avec son père. Puis, en se relevant, il dit à voix basse :

— Vous n'avez rien à craindre de moi. Je saurai garder votre secret. Mais tout ce que je pourrai faire ici ne suffira pas. Espérons que les vents nous ramènent à terre au plus tôt !

# 8

Le soleil se lève sur Séville. Sur le pas de la porte des écuries du Studium Generale, Harmad Ibn Akzar finit de harnacher son cheval. Pas moins de dix sacoches de cuir pendent des deux côtés de la selle. Certaines contiennent des ventouses, des pointes de feu, des stylets, des curettes, des cautères, des aiguilles et des bandes de lin, tandis que d'autres renferment des pots d'onguent, de poudre ou encore de miel, utile à la préparation d'électuaires, ainsi que les traités médicaux de Gilles de Corbeil, L'*Antidotarium* de Nicolaus Praepositus et une traduction du *Corpus* d'Hippocrate.

Aux côtés du maître de médecine se tient Sarah Alfaquin, vêtue d'une robe de voyage écrue dont le corsage est lacé par des cordons étroitement serrés, et chaussée de brodequins de cuir à pointes relevées, refermés par des boutons d'étain. Ses longs cheveux noirs, relevés au-dessus de sa tête, sont noués entre eux par de fines épingles décorées. La monture de la jeune femme est, elle aussi, lourdement chargée de sacs de plantes médicinales. Ils renferment des ballots de pavot opiacé, destiné à combattre la douleur, de tanaisie pour tuer les vers, d'euphorbe pour soulager les maladies de peau, de sauge pour lutter contre les fièvres et les spasmes ou encore de feuilles de noisetier pour apaiser les maux de ventre ou combattre les empoisonnements. Toutes ces plantes, qu'elle emporte avec elle aujourd'hui, Sarah les connaît depuis son enfance. À l'âge de sept ans, son père la laissait entretenir l'*herbalurius*, où seules les espèces rares ou étrangères à la région étaient cultivées. Suivant ses indications, elle mettait le plus grand soin à confectionner des nids de paille pour éviter que ne croissent les mauvaises herbes entre les plants séparés par des plessis en châtaignier. Plus tard, lorsqu'elle atteignit l'âge de dix ans, elle accompagnait son père hors des murs de Séville à la recherche d'herbes et d'essences plus courantes qui emplissaient ensuite la salle de médecine, attenante à sa chambre, depuis toujours imprégnée de ces senteurs, dans l'attente d'être réduites en poudre et mélangées à du miel ou à du vin pour en adoucir le goût.

Dès cette époque, Sarah avait choisi de devenir médecin. Elle se souvient encore du matin où elle annonça sa décision à son père qui s'y opposa fermement, appuyant chacune de ses négations en frappant le sol avec sa canne. La jeune fille avait feint tout d'abord d'avoir renoncé à son projet, mais, au fil du temps, elle avait réussi à imposer sa volonté farouche de soigner ceux qui souffrent. S'il avait eu un fils, pensait-elle, Abraham Alfaquin en aurait fait un médecin qui aurait été toute sa fierté, et la jeune fille, au plus profond d'elle-même, voulait prouver à son père qu'elle valait bien ce fils qu'il n'aurait jamais : il avait renoncé à se remarier à la mort de sa femme.

Juste avant de monter en selle, Sarah interroge Harmad Ibn Akzar :

– Maître, n'aviez-vous pas demandé que l'étudiant français vienne se joindre à nous ?

– Je l'ai en effet ordonné, mais ne perdons pas de temps à l'attendre. Sans doute dort-il encore à l'heure qu'il est. Puisque tu es prête, mettons-nous en route dès à présent.

À peine a-t-il achevé sa phrase qu'un crépitement de sabots résonne dans les rues de la cité. Les deux cavaliers se retournent en même temps vers l'endroit d'où provient cette rumeur et voient apparaître Roscelin, lancé sur un cheval à pleine vitesse, achevant d'enfiler avec peine, par-dessus une chemise blanche, une tunique de lin qui claque dans le vent.

– Me voilà… Me voilà ! répète-t-il en haletant tout autant que son cheval lorsqu'il se trouve enfin à portée de voix du maître Akzar.

Puis, apercevant à ses côtés Sarah Alfaquin, il lui adresse un large sourire. Celle-ci, en remarquant les longs cheveux blonds mal peignés et la mise imparfaite du jeune Français qui vient à peine de s'éveiller, répond à son sourire par un simple geste de la tête tout en ordonnant à sa monture de prendre le pas.

Quelques instants plus tard, les trois cavaliers progressent en silence dans des ruelles chargées d'odeurs de jasmin et traversent des places plantées de citronniers et d'orangers, où la pierre de taille des édifices publics alterne avec les constructions en pisé des habitations populaires. Ils longent ensuite des façades blanchies que nul ne peut regarder en face durant les plus chaudes heures du jour. Le soleil est encore très bas dans le ciel et les ateliers, les échoppes, les marchés et les bains publics n'ont toujours pas ouvert leurs portes. Seuls quelques paysans isolés, levés bien avant le jour pour venir vendre des figues, du raisin et des dattes, parcourent les rues de la cité. Tout à coup, au sortir de la rue des cordeliers, quelques coups sourds résonnent aux oreilles des trois médecins qui ne tardent pas à identifier ces bruits : ce sont les ouvriers de la Plaza San Francisco qui sont déjà au travail pour éviter les lourdes chaleurs de la journée. En arrivant à la hauteur du chantier, les trois cavaliers aperçoivent des tailleurs de pierres, déjà recouverts de la poussière blanche que soulève chacun de leurs coups de ciseaux, qui bâtissent le premier monastère chrétien au sein de l'ancienne cité des califes.

Comme les trois cavaliers quittent la rue des tanneurs pour se diriger vers l'enceinte de la ville, Harmad Ibn Akzar, qui a remarqué que le jeune Français ne portait avec lui qu'une simple couverture et une sacoche en bandoulière, l'interroge :

— N'as-tu pas jugé bon, Roscelin, de porter avec toi des instruments, des potions et des herbes, comme le font tous les médecins ou apprentis médecins lorsqu'ils se déplacent, afin de se trouver toujours prêts à soigner leurs semblables ?

— Bien au contraire, maître Akzar, répond le jeune Français, j'ai dans mon sac de quoi guérir la plupart des maladies.

— Ton sac est bien petit pourtant, et les maladies sont bien nombreuses.

— C'est vrai, continue Roscelin. C'est que mon paquetage ne contient que quelques sachets que j'ai amenés avec moi du royaume de France.

— Et qu'y a-t-il dans ces fameux sachets ? demande Sarah qui vient de se rapprocher de ses deux compagnons de route.

— Ils renferment de la poudre des rois, répond simplement Roscelin qui ne semble pas disposé à en dire davantage.

— De la poudre des rois ? s'étonne la jeune femme.

— Oui, de la poudre des rois, répète une dernière fois Roscelin pour clore la conversation.

Il ne remarque pas le sourire silencieux du maître Akzar qui, venant de franchir les portes de la ville, engage sa monture sur la route de Sanlúcar la Mayor, en direction des hauteurs de l'Aljarafe.

*Le jour décline. Nous venons d'établir un campement de fortune au cœur d'une plaine couverte d'une broussaille de palmiers nains. L'automne touche à sa fin et les hommes comme les troupeaux se dirigent vers le sud. Après s'être embrasé, l'horizon s'est tout à coup obscurci et un vent froid, qui fait rouler autour de nous des buissons secs que nous récupérons pour alimenter notre feu, soulève par rafales des nuages où la terre se mélange au sable. Tournant le dos à la brise, courbé sur son écritoire, mon compagnon de route semble étranger à ce qui se passe autour de lui. Sa plume court sur le papier pour tracer des vers qu'il récite parfois à voix basse pour mieux en apprécier la cadence et les sonorités. Moi, enroulé dans ma couverture, à quelques pas de lui, il me suffit de me pencher sur mes souvenirs pour que les mots viennent d'eux-mêmes sous ma main. Tout a été si simple. Les uns après les autres, les hommes sont venus à moi. À tout moment ils auraient pu quitter le chemin qui allait les conduire tout droit à leur perte, mais ils ne l'ont pas fait. Pas un seul, en me voyant, n'a décelé en moi les traits de son assassin. Pas un n'a lu dans mon regard que je serais celui par qui le mal descendrait en eux, au plus profond de leur corps. Dès cette époque pourtant, ils sentaient la mort rôder autour d'eux comme une bête affamée. Mais jamais ils n'avaient imaginé qu'elle prendrait ce visage-là. Non, tous avaient confiance dans ce bras qui allait se lever sur eux et qu'ils connaissaient depuis toujours. Plus tard, une fois leur peau meurtrie et leur sang empoisonné, sans doute ont-ils eu le temps de comprendre quelle était véritablement cette main qui les avait frappés. Seul le cinquième homme a voulu fuir. Après que les lames sont entrées en lui, il a eu la force de croire qu'il n'était pas trop tard. Il pensait qu'en quittant Séville il échapperait à la mort qui lui était promise. Pourtant, lorsqu'il a pris son cheval et qu'il est parti sur la route de l'Ouest, personne ne pouvait plus le sauver. En le regardant s'éloigner, je savais qu'il ne survivrait pas à notre rencontre. Nul n'y pouvait survivre. Il portait déjà de profondes blessures et il emmenait avec lui le mal qui allait l'emporter, au milieu de la nuit, sur les hauteurs de la Sierra de Aracena.*

# 9

Depuis cinq longues journées, la nef est prisonnière des calmes plats de la Méditerranée. Du sommet des vergues, les hommes d'équipage surveillent la ligne d'horizon dans l'espoir d'apercevoir le moindre relief à la surface de l'eau qui indiquerait le réveil du vent. Mais en vain. Aussi loin que portent les regards, la mer reste désespérément plate. Accablés de chaleur, les passagers sont nerveux. Le maître voilier, pour occuper son temps du mieux qu'il peut, fait détacher les voiles, et, à l'aide de ses aiguilles et de torons en sisal, il consolide une à une leurs coutures avant de les lisser. Les quatre mâts ont ainsi été dégréés sans que le moindre souffle de vent ne soit venu soulever l'une des toiles étendues sur le pont. Le bouteiller, quant à lui, seul responsable des vivres à bord, fait un point précis des provendes embarquées.

— Si le vent ne se lève pas, dit-il en grimaçant, l'eau et la nourriture viendront très vite à manquer.

Au soir du cinquième jour de calme, les rations sont diminuées de moitié.

Galeo, accroupi sur le château avant, observe lui aussi la mer au travers des boiseries du bastingage. Il ne détache pas son regard de la ligne d'horizon et espère être le premier à déceler ce pâle contraste sombre qui apparaîtra tôt ou tard à la surface des eaux, en signe annonciateur d'une risée. Malgré son jeune âge, il est pleinement conscient de la situation. Il sait que si le vent ne se lève pas, le père Van Neesroy ne pourra se procurer sur la terre ferme les plantes médicinales nécessaires à la guérison de ses parents. Désormais, le garçon craint pour leurs vies. Sa mère, qui semble parfois rêver à voix haute, tient depuis deux journées déjà des propos étranges, tandis qu'une substance blanchâtre continue de s'écouler des plaies rougies du visage de son père. Malgré la chaleur suffocante de la cale, tous deux ont froid, et le pèlerin qui les veille a étendu sur eux l'unique couverture qu'il possède.

Comme il remonte sur le pont, le père Van Neesroy est interpellé par l'un des riches marchands réunis, comme à leur habitude, au pied du grand mât :

— Les deux hommes sont-ils encore malades, là-dessous ?

— Ce n'est presque rien, tente de les rassurer le prêtre, une légère fièvre qui ne tardera pas à disparaître d'elle-même.

— Es-tu donc médecin ou homme de Dieu ? continue l'homme incrédule.

— Je ne suis pas médecin, mais j'ai appris l'art

de guérir dans mes précédents pèlerinages, en servant notamment dans les hospices des commanderies. Voilà pourquoi j'ai déjà constaté des cas semblables à ces fièvres dans les ports de Hambourg, de Lübeck et de Naples, et je vous assure qu'elles ne sont pas contagieuses.

— Et si tu te trompais, demande un autre homme, nous ne tarderions pas à être tous contaminés par ce mal. Comment ferions-nous alors pour nous soigner, sans véritable médecin à bord et loin de toute côte ?

— Je vous répète que le mal dont sont atteints ces deux hommes n'est pas une menace pour vous, il est entré dans leurs corps par des blessures qu'ils se sont faites durant la nuit de tempête. Les moisissures, l'humidité et la chaleur de la cale ont fait le reste. Vous ne craignez rien, je vous assure.

— S'ils doivent guérir, intervient un troisième marchand de manière plus virulente, qu'ils guérissent vite, et s'ils doivent mourir, qu'ils meurent tout aussi vite, car je ne supporterai pas longtemps qu'il y ait des fièvres à bord d'une nef où je me trouve.

Galeo, qui a été témoin de la scène, sent un frisson lui traverser le corps. Johannus Van Neesroy, qui le rejoint à peine, lui chuchote à l'oreille :

— Rassure-toi, je saurai prendre soin de tes parents. Si le vent se lève, je peux encore les sauver. Mais, pour l'instant, je dois redescendre pour les protéger de la nouvelle menace que représentent ces hommes.

Peu de temps après, le prêtre, qui vient d'emprunter les outils du maître charpentier, construit de ses propres mains, autour d'une stalle vide, des cloisons pour en faire une pièce tout à fait close.

« Qui sait de quoi sont capables ces marchands ? se dit-il. Pour l'instant, je préfère garder Sebastian et Lysandra hors d'atteinte. »

Joignant le geste à la parole, le pèlerin soulève l'un après l'autre les corps des deux époux et les enferme dans l'abri de fortune qu'il vient de bâtir.

## 10

Voilà deux jours et deux nuits que les parents de Galeo, défigurés par la maladie, sont confinés dans le réduit du père Van Neesroy. Les cloisons de bois étouffent leurs gémissements et les propos incohérents que la fièvre leur fait prononcer à voix haute. Leur état de santé s'aggrave et le pèlerin, qui les veille une grande partie de la journée, a de plus en plus de mal à dissimuler la gravité de leur maladie au reste des passagers. Galeo, accroupi près de sa mère, lui parle à voix basse. Parfois, le garçon, attentif au moindre grincement de la coque ou au plus imperceptible mouvement de roulis qui annoncerait le réveil du vent, se précipite sur le pont supérieur pour observer la mer. Mais, une fois là-haut, en apercevant les voiles immobiles sur leurs vergues et les hommes d'équipage allongés au pied des mâts, il comprend aussitôt que la nef est encore encalminée. L'espoir de regagner rapidement une côte s'amenuise de jour en jour.

Un matin toutefois, le garçon, après une nuit de sommeil agité, entend les bois du bateau craquer de façon inhabituelle. « C'est sans doute un rêve », pense-t-il tout d'abord. Mais quelques instants plus tard, en s'éveillant tout à fait, il perçoit plus clairement encore ce même bruit. Peut-être est-ce un mouvement de houle qui précède l'arrivée du vent ? Galeo s'accroche à cet espoir. Après les rumeurs du bois, c'est maintenant la voix diffuse des hommes qu'il perçoit sur le pont. Cette fois, il en est sûr, ce ne peut être là que des ordres préparatoires à la manœuvre. Le garçon gravit les échelles et se retrouve à l'extérieur. Une grande agitation règne sur le pont. Galeo lève aussitôt les yeux vers les voiles mais s'aperçoit qu'aucune brise ne les gonfle. Son regard se dirige ensuite vers les marchands sévillans. Tous sont rassemblés autour de l'un d'entre eux qui s'exprime d'une voix forte :

— Nous avons déjà patienté plus que de raison. Nous courons un trop grand risque à rester ici les bras croisés. Si nous n'agissons pas au plus vite, nous finirons tous par être contaminés par ce mal. Est-ce là ce que nous voulons ? Finir nos jours sur cette nef, rongés par la maladie, sans médecin et sans espoir de guérison ? Nous ignorons tout des fièvres qu'ont contractées ces deux hommes, et il se pourrait très bien qu'elles soient contagieuses. Débarrassons-nous d'eux avant que l'équipage tout entier ne soit atteint.

— Il a raison, reprend l'un des marchands, ces deux-là semblent condamnés, alors quelle différence s'ils meurent un peu plus tôt ?

— Oui, continue un troisième, jetons les corps à la mer dès à présent, c'est le seul moyen de libérer la nef de cette maladie. Venez avec moi, descendons tous ensemble, il n'y a plus un instant à perdre !

À ce moment, Galeo, dont personne n'avait remarqué la présence sur le pont, hurle de toutes ses forces :

— Non, non, vous n'avez pas le droit, si les vents se lèvent, ils peuvent encore guérir ! Ils peuvent encore guérir !

Surpris par le cri de l'enfant, les marchands sévillans, qui s'engageaient déjà vers la sentine, marquent une seconde d'hésitation. Profitant de cet instant de répit, Galeo se précipite à son tour sur les échelles pour mettre en garde ses parents, suivi de près par les hommes.

Attiré par le bruit, le pèlerin, qui se trouve auprès des deux malades, n'a que le temps de se barricader avec eux dans l'abri de fortune, en condamnant son accès par une porte de bois qu'il avait pris soin de confectionner en prévision d'une telle situation. Les marchands, qui ont très vite rattrapé le garçon, l'écartent brutalement de leur passage et se trouvent à présent devant la porte qui les sépare du prêtre et des deux époux.

— Sortez ! ordonne l'un des hommes.

— Jamais, répond le pèlerin à travers la porte, retournez sur le pont, je vous répète une fois encore que ces fièvres ne sont pas contagieuses. La preuve, c'est que je ne suis toujours pas atteint par ce mal.

— Justement, hurle un marchand, jetons-les par-dessus bord pendant qu'il en est encore temps, débarrassons-nous d'eux avant qu'ils nous contaminent tous !

Le père Johannus voit les boiseries de son abri s'ébranler. À coups de pied et d'épaule, les hommes parviennent déjà à briser les planches les unes après les autres. Les cloisons ne résisteront pas longtemps à cet assaut. À l'intérieur, les époux ont compris la situation. Mais les fièvres qui les rongent les empêchent de bouger. Dans quelques instants les marchands entreront et se saisiront d'eux. Plus rien ni personne ne pourra les en empêcher. Lysandra, d'une voix très affaiblie, s'adresse alors au père Johannus Van Neesroy :

— N'essayez pas de les retenir. Nous allons bientôt mourir. Et puisque vous ne pouvez plus rien faire pour nous, jurez-moi devant Dieu que vous veillerez à notre place sur Galeo.

Au même moment, la porte qui gardait l'abri vient de céder. Deux hommes écartent violemment le prêtre qui tente de leur résister, pendant que six autres soulèvent les corps de Sebastian et de Lysandra. La lutte s'engage mais le père Van Neesroy se retrouve rapidement au sol, incapable de sauver les époux qui sont déjà emmenés de force vers le pont supérieur. Lysandra, qui ne tente pas de se débattre, tourne la tête vers le prêtre resté à terre, et lui crie :

— Jurez-moi que vous veillerez sur notre fils, jurez-le-moi devant Dieu !

Le père Johannus, dans un dernier effort, se relève et se lance à la poursuite des marchands. Une fois sur le pont, il se jette sur l'un d'eux, mais il est encore repoussé, ne parvenant pas à se battre seul contre huit. Les hommes ne sont plus maintenant qu'à quelques pas du bastingage. Ils soulèvent l'un des corps à bout de bras et jettent tout d'abord Sebastian par-dessus bord. Galeo, le visage en larmes, se précipite en criant sur les hommes qui s'apprêtent désormais à soulever sa mère. D'un simple coup de pied, il est rejeté à plusieurs pas par l'un d'entre eux, et sa tête, qui vient de heurter le mât de misaine, se met à saigner. Sur l'autre bord, le corps de Lysandra est déjà engagé au-dessus du château avant. Le père Van Neesroy ne peut plus rien pour elle. Il croise une dernière fois son regard et l'entend le supplier :

— Jurez-le-moi, devant Dieu, jurez-moi que toute votre vie vous veillerez sur notre enfant et le protégerez !

Au moment même où il voit le corps basculer dans la mer, Johannus Van Neesroy se penche au-dessus de l'eau et lui crie en se signant :

— Devant Dieu tout puissant, j'en fais le serment !

Galeo vient de se relever. Le visage noyé par le sang et les larmes, il traverse le pont en courant, se penche par-dessus bord avant que le père Van Neesroy ne le retienne de se jeter à la mer pour sauver ses parents. Sa mère, qu'il appelle sans cesse, se débat à peine à la surface de l'eau. Son père, qui se maintient encore un instant, n'a que la force de répondre une dernière fois à son fils avant de sombrer lui aussi. Le prêtre plaque sa main sur les yeux de Galeo. Il essaie de le traîner vers le centre du pont mais celui-ci se cramponne encore au bastingage.

Les corps de Sebastian et de Lysandra disparaissent à jamais. Les cris que pousse le garçon se perdent dans le calme plat de la mer. Quelques instants plus tard, à bout de force, Galeo finit par perdre connaissance.

## 11

Bien que levé depuis peu, le chaud soleil de septembre pèse déjà lourdement sur le maître de médecine et ses deux disciples, dont les montures gravissent d'un bon pas les grands lacets des versants de l'Aljarafe. Battant la terre sèche où s'enracinent depuis des siècles l'olivier et l'oranger, les sabots des chevaux soulèvent autour d'eux de légers nuages de poussière rouge. Une fois atteint le point culminant de leur ascension, Harmad Ibn Akzar, d'une légère traction sur ses rênes, demande à son cheval de faire demi-tour et de s'immobiliser face à l'immense plaine de Séville. Le maître de médecine est aussitôt imité par Sarah et Roscelin qui embrassent alors du regard celle qui était, il y a quelques années encore, la majestueuse capitale du califat de Marrakech. Au centre de la cité blanche se dresse, comme un index pointé vers le ciel, le minaret de la grande mosquée, à présent convertie au culte catholique et rebaptisée Santa Maria la Mayor. Les trois médecins observent en silence la ville qui, si elle n'est plus arabe ni par la langue ni par son roi, demeure mauresque dans la pierre. De part et d'autre du long serpent d'argent que forme à cette heure du jour le Guadalquivir, ils distinguent quelques reliefs de couleur ocre qu'ils nomment aussitôt après les avoir reconnus.

— Voici le crénelage des remparts de l'Alcazar royal, et la pointe de la Torre del Oro… dit Harmad Ibn Akzar le doigt pointé en avant.

— Et voilà les toits du marché de l'Alcaiceria de la Seda, et un peu plus loin, là-bas, on peut distinguer la mâture des navires amarrés au port, dit à son tour Sarah Alfaquin, une main sur son front pour ombrager ses yeux.

Puis après un court instant de silence, la jeune femme murmure :

— Une chose cependant n'est pas visible d'où nous sommes, c'est la paix qui règne aujourd'hui parmi les Sévillans, venus de tous les horizons et animés de croyances différentes…

— … des hommes et des femmes, poursuit Harmad Ibn Akzar sans quitter la cité blanche des yeux, qui ont appris ensemble que quel que soit le nom que l'on donne à Dieu, ce nom est toujours le plus beau. Mais combien de temps encore se souviendront-ils de cela ?

Après avoir longuement observé la ville, la jeune femme se surprend cette fois à regarder son maître, dont la monture se tient à quelques pas de la sienne. Quel mystère que cet homme, pense-t-elle, dont les commissures des lèvres, étrangement relevées, lui donnent l'air de sourire constamment, tandis que les reliefs de son visage, comme autant de contreforts saillants, préservent à jamais le secret de ses expressions ou de ses humeurs. Quels sentiments, se demande Sarah, viendront un jour troubler les traits dissimulés derrière cette barbe noire striée d'argent ?

Des pans entiers de la vie d'Harmad Ibn Akzar resteront sans doute à jamais inconnus de tous, tant il sait se montrer, en dehors de son enseignement, avare de paroles. Toutefois, en recoupant les rares confidences du maître de médecine avec les récits des voyageurs qui l'ont connu jadis, certains Sévillans peuvent affirmer qu'il vit le jour à Fostat, dans la lointaine Égypte. Très tôt, il étudia la géométrie, la physique, la logique et la médecine. À dix-sept ans, il suivit pendant plusieurs mois l'enseignement de Maïmonide avant de se consacrer à la seule pratique de la chirurgie. Incorporé de force dans les armées du sultan Al-Adel, il soigna les soldats conduits par Al-Kamel, le neveu de Saladin.

À vingt et un ans, il servit à la bataille de Damiette, où des dizaines de milliers de combattants-pèlerins occidentaux, emmenés par le roi de Jérusalem Jean de Brienne, reprirent la ville au sultan égyptien. Là, en quelques jours, il accumula plus de savoir concernant l'anatomie que durant toutes ses années d'études. Les champs de bataille comptaient autant de cadavres à disséquer que de blessés à opérer, et il n'était pas rare qu'il utilise ce qu'il venait d'apprendre sur un corps mort pour sauver un soldat encore en vie.

Emprisonné par la suite pour avoir soigné sans distinction amis et ennemis, il s'évada et partit sur les routes d'Orient et d'Occident pour se consacrer à la philosophie et à l'étude des astres. Ses idées, sa religion, ou encore la couleur de sa peau le firent chasser de certaines villes, et son chemin croisa encore celui de la guerre et des blessés à opérer. On le vit ainsi à Cordoue, Jaén et Séville, autant de villes que reprenait le roi Fernando III aux souverains maures. Une fois la paix revenue, Alfonso X le Sage lui accorda le privilège d'enseigner au Studium Generale.

Aujourd'hui, sans femme ni enfant, il passe, dit-on, ses nuits à observer le ciel pour en dresser la carte. Ceux qui ont pu l'approcher dans ces moments-là affirment qu'après avoir étudié les tables astronomiques dressées par Hipparque et Ptolémée à Babylone et Alexandrie, il a établi le rapport du diamètre de la Terre au diamètre du Soleil et à celui de la Lune et a calculé la surface de chacune de ces sphères. Certains prétendent qu'il peut rester éveillé plusieurs nuits de suite et ne consent à dormir que lorsque les nuages rendent impossible l'examen des étoiles.

Durant le jour, lorsqu'il enseigne la médecine ou qu'il pratique des opérations publiques, son humeur est toujours égale. Que le patient dont il vient d'ouvrir le corps recouvre la santé ou que son cœur cesse soudain de battre ne provoque en lui aucun signe de satisfaction ou de dépit. Sarah, à cet instant, se souvient de la première fois où, au Studium Generale, elle a vu un homme opéré par son maître glisser irrémédiablement vers la mort. Lorsque le dernier filet de vie avait fui le corps étendu devant lui, Harmad Ibn Akzar, sans interrompre son enseignement, en avait simplement changé la teneur. De maître de médecine il était aussitôt devenu maître de philosophie, invitant ses disciples à réfléchir sur la mort qui n'était, selon lui, qu'une expression du mélange constant existant dans l'Univers, au sein duquel rien ne périt jamais entièrement et rien ne se crée de nouveau.

– Les êtres sont formés de parties prises dans le Tout, avait-il dit simplement. Les hommes ne naissent et ne meurent que pour avoir le moyen de se renouveler ; rappelez-vous que tout corps est à toute heure en mouvement, et tend sans cesse vers le Tout.

Sarah, qui vient maintenant de se rapprocher de son maître, s'adresse à lui :

– Qu'allons-nous faire exactement à Sanlúcar la Mayor ? Le soleil est maintenant haut dans le ciel et vous ne nous en avez toujours rien dit.

– Si je ne parle pas beaucoup, c'est que je n'en sais guère plus que toi, dit le maître de médecine tout en ordonnant à son cheval de poursuivre le chemin vers Sanlúcar la Mayor. Ce que je peux te dire, c'est que nous partons enquêter au sujet d'une épidémie sur laquelle il va nous falloir d'abord mettre un nom. Et puisqu'il n'y a pas d'épidémie sans maladie, et qu'il n'y a pas de maladie sans malade, nous allons en premier lieu examiner le cadavre du dernier homme qui a succombé à ce mal.

– Aguirre, le disciple de mon père qui vous a rendu visite hier, se montrait très inquiet…

– C'est que ces fièvres semblent choisir leurs victimes. Elles ont déjà emporté cinq riches marchands de Séville tout en épargnant soigneusement leurs proches. Jamais auparavant un mal n'a su frapper au sein de la population avec autant de discernement. Notre mission est donc double : tâchons pour commencer de trouver la cause de cette maladie et, si nous le pouvons, tentons de l'enrayer.

Roscelin, qui a écouté avec attention les propos d'Harmad Ibn Akzar, l'interroge à son tour :

– Maître, ne pouviez-vous pas conduire seul cette enquête ?

– Pour comprendre ma démarche, tu aurais dû te rendre, dès ton arrivée à Séville, devant le tombeau de Fernando III. Une fois sur place, tu te serais aperçu que l'épitaphe est rédigée aussi bien en espagnol qu'en hébreu et en arabe. Tout comme ce monarque et son fils, notre roi Alfonso X le Sage, je crois en l'harmonie. Mes années d'études et mes longs voyages m'ont enseigné que la santé d'un corps humain, tout comme celle d'une société, ne repose que sur l'équilibre des différentes parties qui les composent. Lorsque cette harmonie est brisée, le corps, comme la société, tombe aussitôt malade. Pour l'un, cela se traduit par de la fièvre, des douleurs ou une paralysie, et pour l'autre par la haine entre les hommes, l'affrontement et l'exclusion. J'ai donc fait appel à vous deux pour me seconder, car j'entends conduire cette enquête comme notre roi conduit notre pays, c'est-à-dire en me fondant sur la complémentarité de chacun. Regardez-moi : je suis bien avancé en âge, il est donc naturel que je m'entoure de deux êtres jeunes. Par ailleurs toi, Roscelin, et moi-même, sommes des hommes, nous avons donc besoin d'une femme parmi nous pour rétablir l'équilibre. Mais ce n'est pas tout : regarde encore comme ma peau est mate, je suis natif du lointain Orient, il est donc nécessaire de m'entourer de deux êtres nés en Occident ; et il en est de même pour nos religions. Autant de manières de voir le monde qui devraient, elles aussi, se compléter. Ainsi, toutes les forces que je ne trouverai pas en moi seront en l'un de vous, et ce que vous ne trouverez pas en chacun de vous sera sans doute présent chez moi. Si donc il existe une chance pour que nous menions à bien notre enquête, c'est ensemble que nous réussirons.

Comme Roscelin garde le silence, Harmad Ibn Akzar l'interroge à son tour :

— Eh bien, ma réponse te convient-elle ?

— Oui maître, mais une nouvelle question se pose à moi : vos disciples sont nombreux au Studium Generale de Séville, et beaucoup d'entre eux auraient pu vous seconder tout aussi bien que nous.

— C'est vrai.

— Dans ce cas, poursuit le jeune homme, pourquoi votre choix s'est-il porté sur Sarah et moi-même ?

– Puisqu'il nous reste un peu de temps avant d'atteindre Sanlúcar la Mayor, je suis disposé à vous expliquer les raisons qui sont les miennes. Tout d'abord, sachez que le fait que Sarah soit la fille d'Abraham Alfaquin, le médecin du roi, n'explique nullement sa présence à mes côtés. Je te connais, Sarah, depuis près d'un an maintenant et j'apprécie tes qualités : ton esprit est posé, ta main ne tremble jamais lorsque tu opères et tu sais en toute occasion rester maîtresse de toi-même. Je sais aussi que tu passes des journées entières dans les bibliothèques des anciennes cours des émirs, à la recherche des dernières traductions des manuscrits grecs. Ainsi, parmi les trésors d'Aristote, de Galien ou d'Hippocrate, tu as découvert et appris les traités consacrés aux maladies des femmes et des tout jeunes enfants. Jamais avant toi une ventrière n'avait été médecin, et jamais non plus, à ma connaissance, un médecin n'avait souhaité devenir ventrière. En t'appuyant sur le passé, tu inventes un nouvel avenir dans l'art de la médecine, voilà pourquoi je n'ai pas hésité à t'emmener avec moi.

Sarah a écouté son maître en silence. Elle repense à toutes les épreuves qu'elle a affrontées avant d'être reconnue comme médecin. Son nom d'Alfaquin, qu'elle porte pourtant avec fierté, lui a souvent été un fardeau, car il ouvrait trop facilement des portes qu'elle aurait aimé forcer par son seul talent. Et si elle sait que la confiance de son maître se fonde sur ses seules compétences, elle a conscience qu'il lui reste une personne à convaincre : son propre père. Abraham Alfaquin voit toujours en sa fille une jeune femme qui n'échappe pas au devoir de prendre un époux et de fonder une famille, même si cela doit contrarier sa vocation.

– Quant à toi, reprend le maître de médecine en tournant la tête vers Roscelin dont la monture se tient sur sa droite, je te connais à vrai dire bien peu, puisque tu es arrivé à Séville il y a seulement deux jours. Cependant, tu n'as pas hésité à parcourir une grande partie de l'Europe pour venir étudier ici, en Andalousie, où les connaissances médicales, grâce à nos traducteurs, s'enrichissent tous les jours du savoir des Anciens. Ta détermination est donc grande et c'est là une qualité qu'il ne faut jamais négliger. Il est vrai que tu t'es évanoui en travaillant sur le corps que nous disséquions hier au Studium Generale, mais il ne m'a pas échappé que tu as perdu connaissance après, et non avant d'achever la dernière suture, ce qui fait à mes yeux une très grande différence. Ce qui m'a conduit à faire appel à toi, c'est une intuition qui me dit que, tout comme Sarah, tu recherches de nouvelles voies dans l'art de guérir. Il suffit de constater dans quel état te met la simple vue du sang pour comprendre que tu ne souhaites pas devenir chirurgien, ni même un médecin traditionnel.

À cet instant, les trois cavaliers aperçoivent devant eux les murailles de Sanlúcar la Mayor. En époussetant du revers de la main la poussière rougeâtre accumulée sur son caftan durant le voyage, Harmad Ibn Akzar conclut son discours :

— Nous reparlerons de cela plus tard car nous voilà bientôt arrivés à destination. Nous avons rendez-vous avec le cadavre d'un marchand sévillan et aussi avec un ermite qui l'a vu mourir. Tous deux ont sûrement beaucoup de choses à nous apprendre.

## 12

Il est près de midi lorsque les cavaliers pénètrent à l'intérieur du village de Sanlúcar la Mayor. Harmad Ibn Akzar, dont la monture précède de quelques pas celles de Sarah et de Roscelin, indique à ses deux disciples une officine d'apothicaire bâtie en pisé badigeonné de chaux.

– D'après les indications que m'a données le jeune Aguirre, c'est ici que nous sommes attendus.

Après avoir mis pied à terre et attaché leurs chevaux, les trois visiteurs poussent la porte de l'échoppe et pénètrent dans une pièce sombre et odorante où sont entreposés des centaines de pots et de récipients sur lesquels on peut lire le nom de leur contenu. À côté des nombreuses décoctions de plantes les plus usuelles se trouvent aussi de l'ancolie, de la véronique, de la piloselle, de l'aigremoine ou encore de la poudre de cantharide et des extraits de styrax calamite ou d'opopanax. Dès que les yeux du maître de médecine et de ses deux disciples se sont habitués à l'obscurité du lieu, ils distinguent, venant du fond de sa boutique, la maigre silhouette de l'apothicaire qui s'avance vers eux en les interrogeant :

– Vous êtes, je suppose, les envoyés du roi venus examiner le cadavre qui est étendu dans la cave, en dessous de mon officine ?

– Vous supposez juste, répond simplement le maître Akzar.

– Ce n'est pas trop tôt, continue l'homme en poussant un long soupir de soulagement. Cela fait quatre longues journées que ce corps nous a été amené et je ne vous cache pas mon impatience de le voir disparaître, lui et les mouches qui tournent autour.

– Dans ce cas, ne perdons pas de temps, dit le professeur.

L'apothicaire conduit les trois enquêteurs dans un escalier étroit qui débouche sur une cave au milieu de laquelle un corps, en voie de décomposition, est étendu sur une table. Au même moment, un vieil homme apparaît derrière eux. Il ne se déplace qu'à petits pas, son teint est pâle et ses mains sont agitées en permanence par de légers tremblements.

– Ah, vous êtes enfin là, dit-il essoufflé, c'est moi qui ai découvert ce corps en montagne et j'ai reçu l'ordre de patienter ici jusqu'à votre arrivée.

– Le trajet a été long à travers la Sierra. Parlez-nous donc des circonstances de sa mort, lui demande Harmad Ibn Akzar.

– Lorsque j'ai découvert cet homme, étendu au pied de son cheval, il était déjà bien mal en point et je n'ai rien pu faire pour le sauver.

— Avait-il beaucoup de fièvre ?

— Oui, il était brûlant, répond l'ermite en soulignant sa réponse d'une grimace, et sa peau était couverte de rougeurs purulentes.

— A-t-il dit quelque chose avant de mourir ?

Cette question semble embarrasser le vieil homme. Il prend une longue inspiration puis, regardant tour à tour Sarah, Roscelin et leur professeur, il leur dit :

— Il a parlé avant de s'éteindre, mais je suis un homme de Dieu et bien que ses phrases tenaient plus d'un égarement de verbes, dû à la fièvre, que d'une véritable confession, je n'ai pas le droit de vous en dire la teneur. Toutefois, avant que de se confesser, le mourant a fait allusion, dans son délire, à la vengeance de deux hommes, disparus en mer il y a quinze ans. C'est à eux qu'il attribuait le mal dont il était atteint.

Après ces mots, Harmad Ibn Akzar caresse lentement sa barbe, puis répète à voix haute les paroles de l'ermite, comme pour mieux les fixer dans sa mémoire :

— ... la vengeance de deux hommes disparus en mer...

Pendant ce temps, derrière lui, Roscelin porte un mouchoir à sa bouche, détourne le regard et s'éloigne insensiblement du cadavre étendu sur la table.

Rompant alors le silence, le vieil ermite, d'une voix de plus en plus haletante, interroge timidement le professeur :

— Maintenant que vous m'avez entendu, et avant de regagner mes montagnes, si vous êtes médecin, j'ai une faveur à vous demander.

— Je vous écoute, répond le maître Akzar encore plongé dans ses pensées.

— Eh bien, pourriez-vous me dire si, selon vous, cet homme a pu me transmettre son mal ? Ses souffrances étaient telles que j'aimerais, si c'est possible, me préserver de cette terrible fièvre.

Harmad Ibn Akzar réfléchit un court instant avant de répondre :

— Je voudrais pouvoir vous rassurer mais, pour l'instant, j'ignore encore tout de cette maladie et ne peux donc vous dire si elle vous a été transmise. Et si tel était le cas, je ne sais si je pourrais empêcher l'apparition des premiers symptômes.

Le vieil ermite pâlit davantage encore. Il a de plus en plus de mal à contrôler le tremblement de ses mains. Pris de panique, sa voix se met à hoqueter lorsqu'il poursuit :

— Comprenez bien que je… je… ne crains nullement la mort… Je suis un vieil homme de Dieu, et je m'y suis préparé depuis fort longtemps. Mais… mais cette maladie était si terrible… si terrible…

À cet instant, Roscelin, qui voit là l'occasion de quitter cette cave et son atmosphère chargée des pestilences du corps étendu, s'adresse à l'ermite en même temps qu'à son maître :

— Permettez-moi, maître Akzar, pendant que vous examinerez le cadavre, de me retirer avec ce vieil homme. Il serait sans doute fort utile pour notre enquête de l'examiner et de voir si le mal est entré en lui. Auquel cas, j'ai dans ma besace de quoi empêcher à jamais qu'il n'ait à en souffrir.

À ces mots, l'ermite reprend confiance. Il regarde brièvement le maître Akzar et aperçoit un mince sourire se dessiner sur ses lèvres avant qu'il ne réponde à son disciple :

— Examine cet homme et, si cela s'avère nécessaire, soigne-le. Quant à nous, Sarah, nous nous pencherons sur le cadavre du marchand sévillan pour tenter de mettre un nom sur le mal qui l'a emporté.

Sans perdre un instant, Roscelin s'éloigne avec son patient et demande au maître de maison, qu'il trouve dans son officine, de lui indiquer une pièce tranquille où il ne sera pas dérangé.

Pendant ce temps, le maître de médecine et sa jeune disciple se sont approchés de la table sur laquelle repose le corps. Autour d'eux, ils ont disposé toutes sortes d'instruments en argent dont ils usent tour à tour pour détacher les peaux infectées et analyser les plaies causées par la maladie. La main de Sarah ne tremble pas. Il y a bien longtemps que son cœur s'est endurci et qu'elle a appris, au terme d'une âpre lutte contre elle-même, à supporter la vue et l'odeur de la mort couchée devant elle.

Elle n'avait pas quinze ans lorsqu'elle avait épié pour la première fois les gestes de son père, lequel, à l'aide d'une scie, avait coupé en deux la jambe blessée d'une enfant qui menaçait d'infecter le corps tout entier, avant de brûler au fer rouge les chairs sanglantes ainsi mises à nu. Des douleurs et des tremblements s'étaient aussitôt emparés de son propre corps, comme si la scie était entrée en elle-même ce jour-là, et comme si c'était son propre sang qu'elle avait vu couler à terre sur les pieds de son père. Mais la volonté de la jeune fille avait été la plus forte, et elle n'avait jamais cessé de venir observer, dissimulée le plus souvent derrière une porte ou en écartant les pans de draps dressés verticalement autour d'un lit, ces corps dans lesquels les lames acérées de son père et de ses assistants s'enfonçaient pour mettre au jour des organes inconnus. La mort, elle l'avait bien souvent approchée, touchée même lorsque, une fois les médecins partis, elle pénétrait dans la salle d'opération et se forçait à poser la main sur ces corps sans vie. « Je serai médecin, s'était-elle si souvent répété pour se donner du courage, je ferai ce qu'aurait fait le fils que mon père n'a jamais eu. »

Aujourd'hui, elle a gagné ce combat contre sa propre peur. « J'ai atteint le but que je m'étais fixé, pense-t-elle. Seul mon père semble encore l'ignorer, et me rappelle sans cesse aux obligations de mon âge. »

– Regarde, Sarah, dit Harmad Ibn Akzar, l'infection ne s'est pas limitée à la partie externe de la peau, elle s'est aussi étendue aux couches plus profondes, qui sont naturellement riches en tissus adipeux. Tu remarqueras aussi que ces zones, maintenant nécrosées, qui se présentaient il y a quelques jours encore comme des plaques rouges et brillantes, ont tout d'abord recouvert les jambes pour atteindre ensuite le visage, en épargnant toutefois le tronc et les membres supérieurs.

— Et vous en concluez ? demande Sarah, en reposant ses instruments.

— J'en conclus, répond le professeur, qu'il ne fait aucun doute que cet homme a succombé à une affection de la peau désignée autrefois par les médecins grecs sous le nom d'*erusipelas*, plus connue en Occident sous le nom de feu Saint-Sylvestre, et que le médecin de Grenade Ibn an-Khatif a reconnue et classée parmi les maladies infectieuses.

— Mais ce mal, s'étonne la jeune femme, n'est pourtant nullement contagieux. Comment se fait-il que plusieurs hommes aient présenté cette même affection ?

— Le feu Saint-Sylvestre ne pouvant en effet se transmettre ni par contact ni par voie respiratoire, il nous reste donc à rechercher comment le mal est entré en cet homme.

En achevant cette phrase, le maître Akzar se penche de nouveau sur le corps et demande à sa jeune disciple de l'aider à examiner chaque parcelle de sa peau, à la recherche d'un indice expliquant l'apparition de la maladie.

— Voilà, dit peu après Sarah en désignant du doigt les épaules du cadavre, regardez ces fines entailles entourées de légers épaississements de la peau. C'est par ici sûrement que le mal est entré.

— C'est très probable en effet, répond Harmad Ibn Akzar en relevant le corps sur son séant afin d'examiner son dos plus en détail. Je me demande qui a bien pu infliger à cet homme de telles blessures. Et comment, ensuite, ces plaies ont-elles pu s'infecter ?

Après un court instant de réflexion, le maître de médecine étend de nouveau le cadavre sur le dos puis, à l'aide d'un grand drap blanc, il le recouvre totalement et se dirige vers l'escalier en faisant signe à Sarah de le suivre :

– Cet homme nous a suffisamment parlé, il est grand temps de retourner à Séville. Ce marchand était la cinquième victime du mal, et quelque chose me dit que de nouveaux cas pourraient bien se déclarer d'ici peu de temps parmi ses confrères.

## 13

Au même moment, après avoir été conduit dans une vaste salle, seulement éclairée par une fenêtre qui donne sur la rue principale, Roscelin fait signe à l'ermite de s'asseoir, puis raccompagne son hôte avant de refermer soigneusement la porte derrière lui. Le jeune Français, indiquant à son patient, d'un doigt posé sur les lèvres, de garder le silence, se dirige vers la fenêtre et ferme les volets. Il fait ensuite le tour de la pièce, toujours sans prononcer un seul mot, pour s'assurer que celle-ci ne possède pas d'entrée dérobée, puis il se dirige de nouveau vers la porte sur la pointe des pieds, colle son oreille contre le bois, et l'ouvre tout à coup pour surprendre un espion éventuel. Satisfait de ne trouver personne, il referme la porte, donne un tour de clé, puis s'approche de son patient. Arrivé à sa hauteur, il prend une ample respiration, se retourne une dernière fois pour être sûr que personne d'autre ne peut entendre ce qu'il va dire, puis il interroge son interlocuteur en chuchotant :

— Avez-vous déjà entendu parler de Panacée ?

Le vieil ermite, intrigué depuis le début par le comportement du médecin français, n'a pas réussi à entendre la question, prononcée d'une voix trop basse. Comme il lui demande de bien vouloir la répéter, Roscelin, qui semble contrarié de devoir hausser le ton, reformule sa demande tout en jetant des coups d'œil furtifs autour de lui :

— Connaissez-vous le nom de Panacée ?

— Non, répond simplement le vieil homme qui fixe le visage du médecin dans l'attente d'une explication.

— Eh bien apprenez, continue celui-ci à voix basse, que dans la mythologie grecque, Asclépios, le dieu de la médecine, avait une fille du nom de Panacée, elle-même déesse des soins, qui possédait un remède capable de guérir toutes les maladies. Mais ne croyez surtout pas que cette préparation, connue dans le monde antique sous le nom de poudre de Panacée, ne soit qu'une légende. Bien au contraire. Il y a fort longtemps de cela, un apothicaire persan qui, après des années de recherche, en avait retrouvé la formule, devint très vite l'homme le plus riche de la terre. Le roi de Perse, à l'heure même où il allait être emporté par les fièvres qui ravageaient son royaume, avait appelé l'apothicaire à son chevet et fut aussitôt guéri par cette mystérieuse poudre. En échange, il lui offrit une grande partie de son trésor. Dès ce moment, l'histoire de la poudre de Panacée ne fut pas longue à se répandre sur tous les continents. On en parlait à la cour des rois de Chine, en Anatolie, à Babylone, puis en Égypte, où les plus grands médecins de Crocodilopolis, d'Éléphantine et de la divine Thèbes se réunirent pour tenter d'en percer le secret. Mais nul ne sut recréer la précieuse préparation, et seuls les plus grands monarques du monde possédaient assez de richesses pour en faire venir quelques sachets de Perse. Voilà pourquoi, depuis ce jour, ce remède, capable de guérir toutes les maladies, est secrètement connu sous le nom de poudre des rois.

À cet instant, Roscelin s'interrompt, il tend l'oreille pour s'assurer que personne ne s'approche de la pièce, puis, serrant sa besace contre lui, il continue en prenant garde de ne pas hausser le ton :

– Pendant plusieurs siècles, le monde a malheureusement perdu la trace de cette précieuse poudre. Toutefois, il y a quatre cents années de cela, des savants et des traducteurs de textes antiques fondèrent à Salerne une école de médecine destinée à retrouver l'ancienne formule de cette préparation. Après plusieurs décennies de recherches, un médecin connu sous le nom de Mathaeus Platearius, qui passe pour être l'auteur du *Liber de simplici medicina*, réussit enfin à en percer le secret. Appelé à la cour des plus grands rois, il vendait à prix d'or sa poudre qui garantissait la santé éternelle. Des siècles plus tard, les chevaliers hospitaliers qui, par l'intrigue autant que par le fer, s'en étaient appropriés la formule, bâtirent de véritables forteresses à seule fin d'en préserver le secret. Des armées, levées tour à tour par les sultans d'Égypte et de Syrie, par le Kurde Saladin puis par les seigneurs de Tibériade et de Galilée, tentèrent en vain de s'en emparer. On raconte même que Baudoin IV, le roi lépreux, n'a pas hésité à offrir sa propre couronne à Raymond de Tripoli en échange d'un seul sachet de poudre des rois, qui seule aurait pu le débarrasser à jamais de sa maladie. Mais toutes ses recherches furent vaines, car le secret de cette préparation médicinale avait déjà regagné l'Occident. Longtemps, on crut qu'elle fut la propriété de Frédéric Barberousse puis de Conrad de Germanie, mais ce ne sont peut-être que des rumeurs. En notre année 1265, seule une chambre forte, située dans les souterrains d'un château du royaume de France, abrite encore un coffre rempli de poudre des rois, qui est donc la propriété de Louis IX. La preuve en est que, malgré ses nombreuses conquêtes en Orient, malgré les épidémies qui décimèrent la plupart de ses proches parents, et malgré sa captivité à Mansoura, le fils de Louis VIII et de Blanche de Castille règne depuis quarante longues années sans jamais souffrir du moindre mal, et cela grâce au plus précieux des remèdes, qu'il est le seul à posséder.

L'ermite a suivi le discours de Roscelin sans perdre une seule de ses paroles. Jamais auparavant il n'avait entendu parler de la poudre des rois. Toutefois, il se demande pour quelle raison son interlocuteur l'a fait venir dans cette pièce close et lui a raconté cette histoire. Les deux hommes, assis l'un en face de l'autre, se taisent et s'observent. Après un long moment, le jeune Français pose de nouveau un doigt sur ses lèvres, pour que le vieil ermite se garde de troubler le silence, puis il entrouvre son sac avec la plus grande précaution. Alors qu'il plonge sa main à l'intérieur, il murmure :

— Je vous ai menti lorsque je vous ai dit que seul Louis IX possédait de la poudre des rois. Lorsque j'ai débuté mon apprentissage auprès des plus grands médecins du royaume de France, j'ai pu, au péril de ma vie, m'approprier le secret de sa formule.

À cet instant, Roscelin extrait lentement son bras du fond de son sac et garde son poing fermé sous les yeux de son patient. Puis, relevant ses doigts un à un, il laisse enfin apparaître, dans le creux de sa paume, un petit sachet de cuir fermé par un cordon :

— Voilà l'unique remède au monde qui non seulement soigne à jamais le mal que vous portez en vous, mais qui prévient aussi tous les maux à venir.

L'ermite, après avoir avalé sa salive plusieurs fois de suite, tente sans y parvenir d'articuler quelques mots. Le médecin français se saisit alors de la main de son patient et dépose le sachet à l'intérieur.

— Diluez ceci dans un peu d'eau et avalez-le d'un seul coup. Mais prenez garde, son goût est le plus exécrable qui soit. Dès que cette poudre touchera votre langue, vous aurez même l'impression d'avaler du feu. Ce désagrément s'atténuera et le remède fera son miraculeux effet dans votre corps. En échange de ce sachet, je ne vous demande qu'une chose : le silence. Ne parlez à personne de ce secret, ou ma vie serait aussitôt mise en danger. À présent, je vais quitter cette pièce. Quand j'en aurai franchi le seuil, vous avalerez la poudre des rois, puis vous regagnerez vos montagnes, délivré à jamais de tout risque de maladie.

En sortant de l'officine, Roscelin retrouve Sarah et Harmad Ibn Akzar qui l'attendent près de leur monture. Au même instant, tous trois voient l'ermite quitter à son tour la boutique de l'apothicaire. Le visage du vieil homme est souriant et détendu, son pas est ferme et, d'une voix forte et assurée, il salue les trois enquêteurs avant de prendre la direction des montagnes.

— Lorsqu'il est parti avec toi pour que tu l'examines, demande Sarah à Roscelin, ce vieillard marchait à pas comptés, son teint était pâle, ses mains tremblaient et tout en lui trahissait l'anxiété. Et maintenant, nous venons de voir un homme plein de vivacité, rajeuni tout à coup. Quelle est donc la raison d'une telle métamorphose ?

— Je t'en ai déjà parlé à deux reprises, dit le jeune Français en montant sur son cheval. Il m'a suffi d'un simple sachet de poudre des rois !

# 14

Voilà deux jours et deux nuits que Galeo n'a pas repris connaissance. Dans son sommeil, il parle à voix haute, appelle son père et sa mère tandis que son corps, baigné de sueur, s'agite continuellement de spasmes nerveux. De temps à autre, le père Johannus Van Neesroy, qui n'a pas quitté le jeune enfant depuis la mort de ses parents, porte un gobelet d'eau à ses lèvres. Sans même s'éveiller, Galeo en avale quelques gorgées puis laisse retomber sa tête en arrière.

Seul le véritable branle-bas de combat qui s'empare de la nef, aux premières lueurs de la journée du 4 juin, parvient à tirer l'enfant de son sommeil. Un marin, grimpé sur la vergue du grand mât, a été le premier à annoncer le retour du vent. Aussitôt, le contremaître a crié ses ordres de manœuvre, réveillant les passagers qui, à leur tour, ont poussé des cris de joie. Le bateau, immobilisé depuis plus de dix jours, s'apprête enfin à repartir.

La voile de misaine est la première à faseyer sous l'action d'une bonne risée de sud, puis c'est au tour de la grand-voile de se gonfler pleinement en faisant gîter le bateau sous le vent. Les haubans se tendent les uns après les autres tandis que les mâts et les vergues se remettent à grincer. La brise est soutenue et la coque creuse de nouveau un profond sillon blanc.

Galeo vient d'entrouvrir les yeux. Il demande ce qu'il se passe. Le pèlerin lui répond que la nef a enfin repris sa route. Il lui annonce aussi que le navigateur, pour rattraper le temps perdu et profiter au mieux de cette brise portante, entend gagner directement Saint-Jean-d'Acre sans faire escale en Sicile ou à Chypre.

– Que vais-je devenir une fois arrivé en Orient ? demande le garçon.

– Je veillerai sur toi, comme j'en ai fait la promesse à ta mère. Je te placerai en apprentissage chez un tisserand, à moins que tu ne préfères te consacrer aux études. Dans ce cas, je te procurerai les meilleurs ouvrages d'astronomie, de mathématique et de poésie et je te ferai rencontrer les plus grands savants de Saint-Jean-d'Acre et de Jérusalem.

– Père Van Neesroy, répond Galeo après un instant de silence, je veux devenir médecin, pour ne plus jamais voir souffrir les hommes et les femmes.

– Si tel est ton souhait, je t'aiderai. Je t'enseignerai tout ce que j'ai appris de mes lointains voyages, et lorsque mon savoir ne suffira plus, tu deviendras le disciple des médecins les plus renommés d'Orient.

Mais le visage de Galeo s'assombrit. Il se retourne, regarde le petit groupe de huit passagers qui, debout sur le pont, fêtent déjà le retour du vent en faisant circuler entre eux un pichet de vin, puis il dit :

— Quand je serai un homme, je verrai mourir un à un ces huit marchands !

Johannus Van Neesroy pose une main sur son épaule :

— Il y a un instant tu voulais devenir médecin pour soigner tes semblables et maintenant tu veux les voir mourir. Ce n'est pourtant pas à toi qu'il appartient de juger ni de condamner les hommes.

## 15

Le vent de sud, au fil des jours de mer, a tourné à l'ouest et a permis à l'équipage de rattraper tout le retard accumulé dans les calmes plats entre la Sicile et l'Émirat de Tunis. Après avoir doublé les côtes de la Crète, puis celles de Chypre, la nef marchande, toutes voiles dehors, s'apprête enfin à relâcher dans le port de Saint-Jean-d'Acre en milieu de journée.

Depuis l'aube, tous les passagers sont sur le pont. Après plus d'un mois de mer, ils ne cachent pas leur impatience de pouvoir poser le pied sur la terre ferme. Les contours de la ville qui n'était jusque-là qu'une petite tache isolée entre mer et désert se dessinent maintenant plus clairement. Une main sur le front, pour se protéger du soleil levant, les hommes d'équipage aperçoivent déjà la ligne dentelée que forment ses remparts, ainsi que l'imposant palatum des templiers, l'édifice le plus important de la cité.

Avec les premières heures du jour, apparaissent les premières voiles des navires quittant le port. Il y a là des boutres arabes de plus de quarante coudées, aisément reconnaissables à leurs étraves droites, qui remontent le vent grâce à leurs gréements triangulaires, ainsi que des navires génois, pisans et vénitiens, lourdement armés pour faire face aux navires barbaresques croisant dans l'Adriatique.

Peu avant midi, après avoir ferlé les grands-voiles et celle d'artimon, le navigateur, sous misaine seule, engage la proue de la nef entre les deux tours qui marquent l'entrée du port. L'immense chaîne tendue entre ces deux édifices est alors relâchée par les employés des douanes, puis hissée de nouveau après le passage du bateau, de manière à contrôler toutes les entrées et sorties maritimes de Saint-Jean-d'Acre. Une fois la nef amarrée à quai, deux péagers montent à bord pour réclamer un marc d'argent correspondant au droit d'ancrage. Ensuite, ce sont tous les passagers qui doivent s'acquitter du droit de port afin de pouvoir descendre du bateau. Les riches marchands sévillans, après avoir payé la taxe, s'engagent les premiers sur la passerelle de débarquement. Une fois à terre, ils sont aussitôt assaillis par une foule bruyante, composée de mendiants, de portefaix qui proposent leurs services afin d'acheminer les marchandises vers les entrepôts, et de vendeurs de souvenirs religieux qui étalent devant eux un vaste choix de reliques, de statuettes ou encore des fioles en étain contenant des saintes huiles.

Galeo, qui est demeuré sur le pont de la nef, ne quitte pas des yeux les huit marchands sévillans qui pénètrent dans la cité. Avant de les perdre de vue, il veut fixer à jamais le visage de chacun d'eux dans sa mémoire. Comme il les voit se presser autour de l'un des vendeurs ambulants qui arpentent le port, il se retourne vers Johannus Van Neesroy pour s'informer de ce qu'ils sont en train d'acquérir.

— Ils achètent des indulgences, lui répond le pèlerin avec une grimace de dépit. Ils pensent ainsi pouvoir s'offrir à peu de frais le pardon de Dieu pour ce qu'ils ont fait durant la traversée.

Après avoir mis le pied sur la terre ferme, Galeo et le père Van Neesroy se dirigent vers le cœur de la ville. À leur tour, ils sont la proie de mendiants, de vendeurs d'objets religieux et de faux péagers qui leur réclament sans cesse de nouvelles taxes, nées le plus souvent de leur propre imagination. Les pas du pèlerin et de l'enfant les conduisent bientôt vers le marché du Foundouk où se mêlent les tissus de Damas et la porcelaine chinoise, et où les hommes négocient les prix et se chamaillent dans toutes les langues de la terre. La foule qui se presse autour d'eux et la rumeur continue de cette cité où tout se vend et tout s'achète donnent le vertige à Galeo. En atteignant le marché aux grains, sans quitter les pas du prêtre, il se fraie un chemin parmi les mesureurs, les scribes et les porteurs d'eau pliant sous le poids de leurs outres en peau de chèvre, passe ensuite devant des échoppes de tisserands, qui lui rappellent celle de ses parents à Séville, avant de découvrir pour la première fois des ateliers de teinture, d'où s'échappe une épaisse fumée violacée qui le fait aussitôt tousser. À l'intérieur, des femmes pilonnent des herbes et des plantes avant de les diluer dans de l'eau chaude pour en recueillir la matière de différentes couleurs, du jaune que donne la gaude et du bleu issu du pastel. Tout autour de lui, il remarque aussi des enfants de son âge, aux mains et aux pieds incrustés de pourpre à force de teindre les ballots de laine brute acheminés ici par bateaux entiers.

Après avoir traversé les quartiers vénitiens, français, portugais, espagnols et byzantins, le garçon voit le père Van Neesroy s'approcher d'un immense édifice en pierres noires de plus de vingt pas de hauteur, dont se détachent, à chaque angle, d'imposantes tours crénelées, épaulées par de massifs contreforts, et protégeant, à l'intérieur, un donjon central percé de meurtrières.

— Quel est ce château ? demande Galeo.

— La Commanderie hospitalière de Karjik. C'est ici que nous allons habiter. Je ferai en sorte que tu n'y manques jamais de rien. Autrefois, j'ai bien connu le commandeur qui dirige cette forteresse, c'est un homme de confiance. Une chambre sera mise à ta disposition et tu y prendras tes trois repas quotidiens.

— Pourrai-je y étudier aussi ?

— Tu trouveras ici tout ce dont tu as besoin. Une vie entière ne suffirait pas à lire la totalité des livres qui se trouvent derrière ces murailles. Je t'y conduirai dès demain matin, et nous commencerons à travailler ensemble afin que tu deviennes un jour médecin.

# 16

Harmad Ibn Akzar et ses deux disciples, tous trois sur leur monture, cheminent vers Séville lorsqu'au sortir d'une oliveraie, Sarah interroge son maître de médecine :

— Maître Akzar, pourquoi avoir dit que d'autres marchands risquent très bientôt de contracter ce même mal ?

— Ce n'est pour l'instant qu'une intuition mais tâchons d'y réfléchir en répondant à cette simple question : d'où proviennent les maladies selon les hommes ?

— D'après l'Ancien Testament, répond la jeune femme après un court instant de réflexion, l'apparition du mal dans le corps de l'homme et de la femme est la conséquence de la seule volonté de Dieu.

— Dans le christianisme, poursuit Roscelin, la maladie est considérée comme une punition divine qui vient s'abattre sur le pécheur.

— Et en tant que médecins, que pensez-vous de ces raisons, demande Harmad Ibn Akzar ?

— Je pense, répond Sarah, que l'étude de la médecine, comme l'a souligné tout au long de sa vie le grand savant qu'était Moïse Maïmonide, doit savoir parfois diverger de la théologie.

— Je crois également, continue Roscelin, que les causes de l'apparition de la maladie sont à chercher ailleurs que dans les desseins de Dieu car, avant de découvrir moi aussi les traités de Maïmonide, j'ai croisé bien des hommes, jurant et blasphémant du matin au soir quand ce n'était pas du soir au matin, d'autres encore qui, loin de s'arrêter à la pratique journalière des péchés capitaux y ajoutaient quelquefois le viol ou le meurtre, et qui jouissaient tous d'une santé plus solide que celle d'un grand nombre d'ascètes. Je crois donc pouvoir dire que, dans la genèse de la maladie, si nous distinguons l'entité naturelle, toxique ou spirituelle, nous pouvons exclure l'influence divine.

— Fort bien, fort bien, répond le maître Akzar. Nous en concluons que ni vous ni moi ne croyons que la maladie ne soit un châtiment reçu pour expier un péché. Mais ce qui importe, c'est qu'un grand nombre de malades soit convaincu du contraire. Rappelez-vous les dernières paroles du marchand sévillan que nous a rapportées le vieil ermite. Ce malade attribuait les fièvres qui allaient l'emporter à une faute commise quinze ans auparavant. Il a même fait allusion, semble-t-il, à la vengeance de deux hommes, autrefois disparus en mer. Or si aucun de nous ne croit au châtiment venu du ciel, nous ne donnons donc pas davantage foi à l'idée d'un retour des morts parmi les riches marchands de Séville.

— Et vous en concluez... ? demande Roscelin.

— Si l'on considère, d'une part, qu'il est préférable pour accomplir une vengeance d'être vivant plutôt que mort et, d'autre part, que les plaies infectées sur les épaules de la dernière victime n'ont pas une cause naturelle, j'en conclus que le responsable du mal qui emporte ces hommes est très certainement un être en chair et en os.

— Nous aurions donc affaire à une série d'assassinats ? demande Sarah.

— J'en ai déjà la certitude, affirme Harmad Ibn Akzar. Par ailleurs, l'assassin doit posséder de très grandes connaissances médicales, car si guérir la maladie n'est souvent pas chose facile, il n'est pas plus aisé de l'inoculer à quelqu'un.

— Et que pouvons-nous faire pour sauver les prochains marchands de ce mal ? demande Roscelin.

— Rappelle-toi les tout premiers mots du poème médical d'Avicenne : « La médecine est l'art de conserver la santé et éventuellement de guérir la maladie survenue dans le corps. » Pour ce médecin, il importait de prévenir le mal plutôt que de le guérir. Appliquons donc à cette enquête cet excellent principe. L'affection du feu Saint-Sylvestre est en effet redoutable et bien difficile à soigner. Or, si nous nous contentons d'attendre que les prochains malades viennent à nous, il sera sans doute trop tard pour les sauver. Installons-nous dans une auberge au sein du quartier marchand de Séville, et proposons dès demain matin des consultations gratuites à la population. Nous tenterons ainsi d'identifier les prochaines victimes avant qu'elles ne soient exposées à ces fièvres. Nous examinerons et soignerons les patients qui se présenteront à nous, puis nous les ferons parler, nous interrogerons leurs femmes et leurs enfants et essaierons aussi de savoir ce qu'avaient en commun les cinq marchands qui ont succombé à ce mal.

*Tout le jour nous avons fait route vers l'ouest. Puis nous avons installé notre campement, tout près d'un oued tari et sablonneux qui ne tardera pas à se gonfler, dans les prochaines semaines, des premières averses de l'automne. Dans quatre jours à peine nous serons à Ribat el-Fath et déjà nous devinons la proximité de la ville au nombre des hommes et de leurs bêtes, moutons, ânes et chevaux, qui s'y rendent pour y passer la saison froide. Mais une lune ronde et claire vient de se lever et il est temps pour moi de retourner vers mon passé. Le cinquième homme venait de mourir sur les hauteurs de l'Aljarafe. Trois restaient encore en vie mais ils devaient périr eux aussi. Jamais je n'ai souhaité cela. Sans doute ai-je agi malgré moi. Je devais le faire, voilà tout. Je n'avais aucun moyen d'échapper à mon destin, même si celui-ci me forçait à devenir un meurtrier. Plus rien ni personne ne pouvait retenir mon bras. Ma victime est venue vers moi. Je revois encore ses traits, comme si, du fond de l'enfer, son spectre revenait ce soir se dresser devant mes yeux. Je me souviens m'être appro-*

*ché de lui à mon tour. Je n'ai eu aucun mal à gagner sa confiance. Il m'a dit son nom et quand le moment fut venu, mon bras n'a pas tremblé. Ensuite, je me suis éloigné, l'abandonnant à sa souffrance, à ses fièvres, et le laissant seul dans sa chambre, face à sa propre mort.*

## 17

Les premières années d'étude de Galeo à Saint-Jean-d'Acre furent consacrées à l'apprentissage des langues. Le garçon s'y montra un élève doué. Levé aux premières heures du jour, il se rendait directement à la bibliothèque de la Commanderie de Karjik, où il résidait depuis son arrivée en Orient. Là, il s'installait en silence devant un pupitre, sur lequel la poussière des livres se mêlait à l'or des enluminures, et étudiait des journées entières des ouvrages dont le poids lui faisait courber le dos lorsqu'il s'en emparait dans les rayons. Ainsi, dès l'âge de quatorze ans, Galeo pouvait déchiffrer n'importe quel livre, qu'il soit écrit en grec ou en latin. Il connaissait les principes fondamentaux de la mathématique et de la géométrie, savait reconnaître et nommer les principales constellations dans le ciel et pouvait, de mémoire, réciter les plus beaux vers des grands poètes antiques. Mais les ouvrages de médecine étaient ceux qui l'intéressaient le plus. Il apprit l'*Antidotarium* de Praepositus, retint les traités de Gilles de Corbeil sur les urines et sur le pouls, découvrit un exemplaire du *Corpus* d'Hippocrate et se passionna pour l'étude des ouvrages d'Avicenne, d'Averroès et de Maïmonide.

Au sein de la bibliothèque, tout le monde s'était peu à peu habitué à sa présence. Qu'ils soient copistes, enlumineurs, botanistes, philosophes, traducteurs, mathématiciens ou astronomes, pas un n'hésitait à se détourner de son étude pour lui apporter son aide. Parmi ces hommes, il y en avait un, le plus secret de tous, qui venait de temps à autre chercher un ouvrage, en étudiait rapidement un passage avant de disparaître aussi vite qu'il était venu. Jamais il ne s'était adressé au garçon. Lorsque celui-ci avait demandé son nom, nombreux furent ceux qui avaient préféré ne pas répondre. Un soir, un traducteur italien avait toutefois murmuré à l'oreille de Galeo :

– Arto d'Angefort. Ne t'approche jamais de lui, c'est un homme sans dieu, qui n'a foi que dans ses recherches. Il n'avait nul pays où se réfugier avant que le commandeur de la forteresse de Karjik lui ouvre ses portes. Cet homme-là a dû bien des fois changer d'identité et d'apparence pour échapper à ceux qui le recherchent. Car l'Église l'a condamné à mort depuis qu'il a écrit dans l'un de ses traités de médecine que « si l'âme vient à l'existence avec le corps, elle ne peut vivre par une cause extérieure au corps, ni antérieurement au corps. Par conséquent, elle vient à l'existence lorsque le cerveau vient à la vie et elle ne subsiste que si le principe même de son existence, c'est-à-dire ce même organe, subsiste. Lorsque celui-ci disparaît, quand survient la mort, l'âme, qui n'est pas plus immortelle que le corps qui l'accompagne, disparaît elle aussi. »

– Pourquoi, avait demandé Galeo, cet homme se trompe-t-il, selon vous ?

– Arto d'Angefort est un grand médecin, et nul en vérité ne peut prétendre que ce qu'il affirme est faux. Toutefois, il lui faudra cheminer encore longtemps sur la route de la science pour s'apercevoir que si celle-ci, à première vue, nous éloigne de Dieu, elle finit, à mesure que l'on y progresse, par nous en rapprocher.

Plusieurs mois après cet entretien, alors que, le soir venu, la bibliothèque se vidait de ses occupants, Galeo reconnut la silhouette d'Arto d'Angefort à quelques pas de lui. Celui-ci avait quelque chose en main tandis qu'il cherchait, de sa main libre, un ouvrage dans les rayons. Puis, déposant délicatement ce qu'il tenait sur un pupitre, il se saisit d'un livre. Galeo, qui s'était avancé en silence, aperçut quelque chose de rond et de luisant. En s'approchant davantage encore, il comprit tout à coup que ce qu'il voyait, posé sur le pupitre, n'était autre qu'un œil humain. Il sursauta et recula aussitôt lorsque, d'une voix grave et autoritaire, Arto d'Angefort, qui tournait le dos au garçon, lui ordonna :

– Ne t'éloigne pas !

Puis, sans cesser de lire l'ouvrage qu'il tenait en main, il demanda :

— Pourquoi veux-tu t'enfuir après t'être d'abord approché ?

— C'est que... balbutia le garçon. Je... n'avais jamais vu d'œil auparavant.

— Je suis sûr que si. Mais, habituellement, tu vois aussi le visage dans lequel il prend place.

— Puis-je m'éloigner à présent ?

— Si tu le veux. Mais, avant de partir, dis-toi que l'homme à qui appartenait cet organe a désormais cessé de souffrir. Et, en l'étudiant de près, tu pourrais un jour éviter à d'autres hommes, bien vivants ceux-là, d'avoir à en souffrir un jour. Alors, que décides-tu maintenant, de prendre la fuite par crainte d'un œil mort, ou de faire un pas en avant pour l'observer de plus près et progresser dans le savoir ?

Après un court instant de réflexion, Galeo décida d'avancer d'un pas.

— Connais-tu le fonctionnement de cet organe ? demanda Arto d'Angefort en se retournant vers le garçon.

— Non, je l'ignore.

— Penses-tu peut-être, comme les Anciens qui ont précédé Aristote, que de l'œil émane un rayon qui atteint la chose, la touche et la voit ?

— Sans doute, hésita Galeo.

— C'est absurde.

Après cette réponse, l'homme sortit de sa poche une fine lame de fer et découpa l'œil transversalement.

— Penses-tu réellement qu'une si petite cavité puisse contenir ou produire des rayons de vue pour une vie entière ?

– Non, sans doute pas.

– Penses-tu alors, comme un grand nombre de médecins continuent de le professer pour échapper à cette incohérence, qu'il n'émane de l'œil qu'un minuscule rayon, lequel s'unit aussitôt aux rayons de l'air pour devenir ensemble un organe de la vue ?... Si tu crois cela, tu donnes encore foi à une absurdité, car si l'air se chargeait ainsi de rayons de vision, l'homme de vue faible n'aurait qu'à se rapprocher de celui qui possède une bonne vue afin de profiter de son rayon et y voir à son tour parfaitement.

– Comment l'œil fonctionne-t-il, alors ?

– Voilà justement ce que j'étais venu chercher dans cette bibliothèque, et j'ai trouvé la réponse dans cet ouvrage d'Avicenne qui, en se fondant sur les travaux d'Aristote, affirme que l'œil est comme un miroir. La chose visible est pareille à la chose qui se reflète dans ce miroir, par l'intermédiaire de l'air. Et la lumière, en tombant sur la chose visible, en projette l'image sur l'œil. Cette image est reçue par un corps humide qui ressemble à de la glace et à une graine de lin, et qui la transmet au champ de vision avant d'être transmise à l'esprit. Si donc le miroir possédait un esprit, il verrait lui aussi l'image lorsqu'elle se produit sur lui.

Ce fut là l'unique conversation que Galeo eut avec Arto d'Angefort. Après cela, il continua d'étudier dans les livres. Lorsque, tard dans la nuit, Johannus Van Neesroy le surprenait, assoupi sur son pupitre, les yeux rougis par la lecture, il refermait soigneusement ses ouvrages et lui disait :

– Les livres ne disent pas tout, Galeo.

– Comment puis-je apprendre sans eux ?

– Il existe mille et une façons d'apprendre. Tu peux t'en aller courir les campagnes et regarder la vie tout autour de toi ; tu peux observer la nature et interroger aussi les guérisseurs, les magiciens, les vieilles paysannes et les apothicaires ambulants. Tu peux observer l'effet de leurs remèdes sur leurs patients, et noter chacune de tes observations puis repartir encore en quête de nouvelles découvertes.

Le père Van Neesroy, qui suivait de près les progrès de son protégé, l'incitait aussi à fortifier son corps. Très tôt, il lui apprit à monter à cheval et l'encouragea à parcourir les déserts rocailleux qui s'étendaient vers l'est, bien au-delà des remparts de la cité. Galeo, qui aimait ces longues courses solitaires, ne rentrait bien souvent qu'au moment même où les portes de la ville se refermaient derrière lui.

Certains jours, il préférait se perdre à pied dans les ruelles de la ville. Il se plaisait à observer les reflets du soleil dans la cour des maisons ou sur la mosaïque des plus belles façades, avant de s'étendre dans les jardins de la cité sous des profusions de jasmins et d'amandiers en fleurs. Le plus souvent, ses pas le conduisaient dans les quartiers des artisans. Il aimait à s'attarder dans la chaleur fruitée qui se dégageait des pressoirs à huile et s'habituait peu à peu aux odeurs âcres des tanneries. Parfois, il s'arrêtait devant les ateliers des tisserands et regardait, des heures entières, les gestes des femmes qui lui rappelaient ceux que faisait sa mère, autrefois, à Séville.

Mais l'itinéraire préféré de Galeo était celui qui conduisait vers le port où il avait débarqué sept années auparavant. Là, il observait chacune des nefs battant pavillon sévillan. Il s'attendait toujours à voir les silhouettes des huit marchands qui avaient autrefois assassiné ses parents. Il les aurait alors suivis dans la ville, pour connaître leurs noms, leurs habitudes, l'auberge où ils seraient descendus. La haine qu'il éprouvait à l'encontre de ces hommes ne s'était pas éteinte un seul instant et, la nuit, dans ses rêves les plus agités, il les voyait sans cesse agoniser, le visage infecté par le mal dont ils avaient voulu se garder à tout prix. Jamais cependant il ne revit ces huit marchands sévillans à Saint-Jean-d'Acre. Sans doute commerçaient-ils avec d'autres ports, d'autres pays, ou bien s'étaient-ils contentés de demeurer à Séville, pour faire fructifier leurs richesses.

Un matin, lorsque, suivant son habitude, Galeo poussa les portes de la bibliothèque pour se rendre à son étude, le père Johannus Van Neesroy, qui l'y attendait, l'accueillit en ces termes :

— Tu as déjà bien avancé sur le chemin du savoir. Puisque tu désires toujours devenir médecin, le moment est venu de te consacrer, en marge de tes lectures d'ouvrages d'anatomie, à soigner les hommes et les femmes qui souffrent. Ton corps et ton âme se sont endurcis ; tu es en train de devenir un homme. Tu m'accompagneras donc dès aujourd'hui à l'hospice de la Commanderie, pour te confronter à la maladie et à ses deux issues possibles, la guérison ou la mort.

Galeo acquiesça et, dès ce jour, partagea ses journées entre les murs de la bibliothèque et ceux de l'hospice, emplis des râles des malades et des cris de douleurs des opérés aux mains des chirurgiens.

L'hospice de la Commanderie de Karjik était divisé en quatre salles distinctes. La première, à laquelle aucun homme n'avait accès, accueillait les femmes enceintes. Seules les ventrières et les religieuses pouvaient y pénétrer et assister les parturientes. Les nouveau-nés y étaient traités avec soin : aussitôt venus au monde, une sage-femme coupait le cordon ombilical avant d'en faire un double nœud et de le recouvrir d'une poudre de cumin mêlée à du cerfeuil, puis débarrassait les bébés de l'enduit qui recouvrait leur corps en les enveloppant dans des pétales de roses broyés dans du sel. Ensuite, elle passait un électuaire sur leurs lèvres et leur palais pour leur nettoyer la bouche et solliciter leur appétit, avant de les plonger dans un bain d'eau chaude, de les frictionner avec de l'huile, délicatement s'il s'agissait d'une fille et plus vigoureusement si le nouveau-né était un garçon, et enfin de les emmailloter dans des langes chauffés près du feu. Isolée par un simple couloir, la deuxième salle recevait les malades et les blessés. Ces derniers, suivant l'évolution de leurs maux, étaient alors dirigés vers la troisième salle, celle des convalescents, ou bien vers la quatrième, qui était réservée aux mourants.

Au début, il fut entendu que Galeo commencerait son apprentissage par les soins portés aux convalescents. Sous le regard de médecins et d'apothicaires, le jeune homme apprit ainsi à nettoyer les plaies, à passer des onguents et à changer les pansements. À mesure que son âme s'endurcissait au contact du sang et des purulences, Galeo s'ouvrait tout entier à la douleur des pensionnaires. Après leur avoir prodigué ses soins, il pouvait rester des heures entières au chevet de ses malades. Pendant ce temps, le père Van Neesroy apaisait les douleurs des patients couchés dans la salle des mourants. Le soir venu, lorsqu'il retrouvait son protégé, tous deux parlaient de leur travail, des guérisons attendues et des résultats des nouveaux traitements.

— Lorsque la mort ne fait plus de doute, lui disait Johannus Van Neesroy, rien ne sert de s'acharner pour l'écarter à tout prix. Mieux vaut l'apprivoiser, s'en faire une amie, se préparer à se rendre à elle en toute sérénité. Si la maladie est contre nature et doit être combattue à tout prix, la mort ne l'est pas, elle est même nécessaire au renouvellement de la vie. Voilà ce que tout médecin doit faire comprendre à son patient lorsque le dernier espoir de guérison s'est échappé. S'il est de notre devoir de soulager les douleurs du corps, nous nous devons aussi d'apaiser les souffrances de l'âme de la manière qui nous semble la meilleure.

## 18

Arrivés la veille au soir dans le quartier marchand de Séville, Harmad Ibn Akzar et ses deux disciples ont tout d'abord retenu trois chambres à l'auberge *Esteban*. Puis, après avoir déposé leurs bagages et avoir conduit leur chevaux à l'écurie, ils ont passé le reste de la soirée à se présenter dans les boutiques, les tavernes, les bains publics et les jardins pour annoncer à la population qu'ils examineraient gratuitement dans leur chambre d'auberge, dès le lendemain matin, les malades qui souhaitaient recevoir des soins.

Levé bien avant l'aurore, le maître de médecine frappe à la porte de Sarah et à celle de Roscelin pour s'entretenir avec eux.

— Voilà comment nous allons procéder : dès que les premiers patients se présenteront à l'auberge, nous les ferons asseoir sur ces chaises que j'ai fait disposer devant la porte de chacun de nous, puis nous les recevrons un à un. J'ai déjà installé dans ma chambre une table pour examiner les malades et je dispose de tout le matériel pour pratiquer des interventions. Je prendrai donc en charge les cas les plus urgents. En ce qui te concerne, Sarah, tu recevras les femmes ainsi que les jeunes enfants. Quant à toi, Roscelin, puisque tu n'as toujours aucun instrument de médecine sur toi, ni aucune autre préparation médicinale que cette mystérieuse poudre des rois, je ne sais encore quels malades t'adresser.

– Détrompez-vous, maître, outre mes précieux sachets, j'ai avec moi trois outils médicaux dont je ne me sépare jamais.

– Et quels sont-ils, je te prie ? demande le maître de médecine.

– Il s'agit tout simplement de mes deux oreilles et de ma bouche. Les unes me servent à écouter mes patients, et l'autre à leur parler.

– Étrange pratique…

– Elle remonte à mes premières années d'études de médecine, dans le royaume de France. Mon premier maître, qui était à la recherche du plus sûr moyen de guérir les maladies de l'âme comme la mélancolie, les troubles du sommeil, les pertes de mémoire ou les agitations nerveuses, s'était mis à expérimenter sur ses patients toutes sortes de traitements. D'abord convaincu que les troubles qu'il devait combattre étaient dus à une instabilité du cœur dans la poitrine, il fit préparer toutes sortes de fumigations, grandement odoriférantes pour les unes et puissamment nauséabondes pour les autres, que le patient devait inhaler tout à tour jusqu'à ce que son cœur revienne dans sa position naturelle.

— Ce traitement a-t-il eu l'effet escompté ? demande Harmad Ibn Akzar.

— Non, aucunement. Voilà pourquoi mon maître se mit à expérimenter toutes sortes d'évacuants qui devaient libérer les viscères de ses patients de leurs humeurs malsaines. Ce sont elles qui, selon lui, affectaient leur âme. Des purgatifs et des vomitifs à base de bile de chat, de corne de taureau, de poudre d'os et de bouillon de coq fermenté furent alors préparés et donnés aux malades à jeun. Il fut aussi décidé d'expulser de leur corps le sang poisseux et fétide qui venait leur encombrer l'esprit. Pour cela, on applique sur leur cou et à la racine du crâne une dizaine de sangsues de belle taille.

— Quelle fut cette fois l'issue d'un tel traitement ?

— À vrai dire, nul ne put le constater avec précision, car à l'exhalaison fétide des évacuants qui étaient préparés en grande quantité s'étaient vite mêlées les odeurs provoquées par leurs prompts effets dans le corps des patients. Si bien que ceux d'entre nous qui furent en charge de contrôler l'état de leur raison après une telle cure furent à tel point indisposés qu'ils ne purent soumettre les patients à un examen attentif. Ce traitement fut vite abandonné lorsqu'un médecin de Paris se couvrit de gloire en annonçant qu'il venait pour la première fois d'extraire du rein de l'un de ses malades une pierre qui en troublait le fonctionnement. Dès cette époque, mon maître se persuada que les troubles de l'âme étaient, pareillement, dus à une pierre qui venait se loger dans l'esprit de ses patients. Voilà comment ce dernier se mit en tête, davantage par souci de notoriété médicale que par désir de soulager ses malades, de leur ouvrir le crâne, de force plutôt que de gré, pour en extraire la fameuse pierre.

— Et cette entreprise a-t-elle rencontré le succès ?

— Pas davantage que la précédente. Toutefois, bien que les premières expériences échouèrent, l'extraction de la pierre de folie, nom qu'il donna à cette opération, connut un grand engouement parmi ses disciples et ses confrères. À tel point que, cherchant à tout prix dans la pratique la confirmation de sa théorie, mon maître, qui s'était mis à opérer les crânes du matin au soir, adressa à chacun de ses disciples les hommes et les femmes qu'il n'avait pas le temps de tuer lui-même.

— As-tu alors pratiqué l'extraction de la pierre de folie ?

— Non. Mon peu de goût pour la vue du sang et la certitude de perdre mon patient durant cette opération me détournèrent à jamais de cette idée. Cependant, puisqu'il me fallait extraire une pierre de folie, je décidai de la faire sortir par la bouche du malade, en la mêlant au flot de ses paroles. J'interrogeai donc mes patients, les amenant à me parler d'eux-mêmes, de leurs troubles, de l'origine de leurs premiers symptômes et, peu à peu, ceux-ci s'ouvraient à moi, me confiant des secrets qui pesaient trop lourdement dans leur âme et que je jurai de ne jamais révéler. Certains malades se dirent soulagés de m'avoir parlé et la santé leur revint lentement. D'autres guérirent même tout à fait. J'avais donc, à ma manière, réussi le premier à extraire la pierre de folie. Je fus alors convaincu d'avoir découvert une voie nouvelle dans l'art de guérir. Une voie que je me devais d'approfondir.

– Est-ce là, demande encore le maître à son jeune disciple, la raison de ta venue en Andalousie ?

– Oui, j'ai fait ce long voyage car les médecins du royaume de France n'étaient pas du tout prêts à accueillir mes nouvelles recherches, eux qui attribuent encore l'apparition des épidémies à la conjonction de Jupiter et de Saturne et qui pensent que le lait maternel n'est autre que du sang blanchi par le sein. Ici, au contraire, grâce aux nombreux traducteurs de textes anciens, la médecine s'enrichit tous les jours des trésors des bibliothèques. En faisant étape à Cordoue, j'ai découvert un exemplaire du commentaire d'Averroès sur le *De Anima*, d'Aristote, ainsi qu'une traduction du *Traité des huit chapitres*, de Maïmonide, où il est dit que tout comme le médecin qui traite les corps doit connaître le corps qu'il a à soigner, celui qui veut guérir l'âme doit connaître l'âme dans son ensemble. Cet ouvrage m'a permis de mieux comprendre ce qu'étaient l'émotion, l'imagination, la peur, la sensation, la raison, la souffrance ou la joie.

– Tout cela est fort intéressant, Roscelin, mais que fais-tu des maladies du corps ?

— Certaines d'entre elles sont justement issues d'une affection de l'âme et, dans ce cas, il est préférable de soigner l'âme plutôt que le corps. Et puis n'oubliez pas que j'ai toujours ma poudre des rois.

— Fort bien, fort bien, je te confierai donc aujourd'hui tous les patients qui se plaignent d'une maladie de l'âme ou bien qui souffrent d'un organe ou d'un mal qui ne nécessite pas une opération. Et, dès ce soir, nous jugerons ensemble de ta pratique selon ses résultats.

Après avoir prononcé cette dernière phrase, le maître de médecine souffle les bougies qui éclairent la chambre, se lève et va ouvrir les volets pour faire entrer la lumière du jour. Puis, d'un ton grave, il s'adresse à ses deux disciples :

— Tout cela ne doit pas nous faire oublier notre enquête. Le soleil est déjà levé et une longue journée nous attend. Nous sommes ici, je vous le rappelle, pour découvrir comment cinq hommes ont contracté le feu Saint-Sylvestre, et surtout pour éviter que de nouveaux cas ne se déclarent. S'il vous arrivait aujourd'hui de recevoir un riche marchand, pensez à examiner ses épaules, car c'est par là qu'est entré le mal chez la précédente victime.

# 19

Dès les premières heures du jour, de nombreux patients viennent se présenter à la porte de l'auberge *Esteban*. Il y a là des vieillards, des hommes, des femmes et des enfants, qui sont reçus les uns après les autres par les trois médecins, en fonction des affections qu'ils présentent.

Harmad Ibn Akzar, en quelques heures à peine, a déjà recousu des plaies, crevé des abcès, réduit des fractures, appliqué des onguents, posé des pansements et préparé des décoctions destinées à laver l'estomac d'un malade. Après chaque consultation, le maître de médecine tente de faire parler les hommes et les femmes qu'il vient de soigner. Le plus souvent, il n'obtient aucune réponse à ses questions. Parfois, en entendant parler de la contagion qui a emporté les marchands sévillans, les hommes et les femmes le dissuadent, d'une simple phrase, de chercher à en savoir plus sur cette affaire.

– C'est l'œuvre du démon, lui dit-on, il a patienté quinze années et maintenant il vient chercher les âmes de ceux qui ont péché.

Ou encore :

— Vous n'y pourrez rien, vous verrez, il les reprendra tous. Tous, jusqu'au dernier !

Sarah, quant à elle, soigne les nourrissons et les jeunes enfants amenés par leur mère. Elle badigeonne la bouche d'une petite fille avec une pommade à base de pavot et de lentille pour la débarrasser de ses aphtes, puis, peu après, applique des cataplasmes de chicorée et de farine d'orge pour calmer les démangeaisons d'un garçonnet et offre à la mère d'un enfant qui tousse une préparation à base de pommes de pin et de suc de réglisse. Tout comme son maître, une fois les douleurs des enfants apaisées, elle s'entretient avec les femmes du mal qui vient de toucher les marchands sévillans. Mais elle se heurte également à la peur :

— Ce sont les esprits des morts ! Des âmes errantes sans sépulture. Quinze ans après, elles réclament vengeance !

— Mais quinze années après quoi ? insiste Sarah.

— Ne cherchez pas à en savoir davantage : cela ne concerne en rien la médecine. C'est une malédiction du ciel !

Roscelin enfin, comme à son habitude, est assis en face de ses patients. Il parvient très vite à gagner leur confiance et à les faire parler longuement d'eux-mêmes et de leurs proches. Après avoir soigné une jeune femme qui se plaignait de fourmillements dans les membres accompagnés de palpitations et une mère de famille souffrant de vertiges et d'insomnies, il accueille deux moines, qui pénètrent en silence dans sa chambre, et les invite à s'asseoir d'un geste de la main. Bien qu'ils soient pareillement vêtus d'une longue coule brune, tout cependant distingue les deux hommes. Le premier, frêle adolescent d'une quinzaine d'années tout au plus, au teint plus pâle qu'un drap, garde continuellement le regard vers le sol, si bien qu'une fois assis, Roscelin ne voit plus de lui que le cercle de peau fraîchement rasé qui s'arrondit au sommet de son crâne. Le second, d'au moins quarante ans son aîné, est un homme au visage gras qui laisse entrevoir une dentition noire, et qui arbore fièrement les deux proéminences charnues de sa lèvre inférieure et de son ventre. Lorsque ce dernier fait résonner plusieurs raclements de gorge, Roscelin le regarde dans l'espoir d'entendre sa voix, mais en vain.

— Eh bien, je vous écoute, finit par dire le jeune médecin.

Le moine, qui ne cesse de se frotter les mains l'une contre l'autre, semble enfin avoir choisi ses mots.

— C'est que… notre affaire est délicate, hésite-t-il.

— Je vous écoute, de quoi souffrez-vous ?

— Il ne s'agit pas de moi mais du novice Arturo que voici, dit-il en désignant du coude le timide adolescent assis à ses côtés, lequel, en entendant mentionner son nom, dissimule davantage encore son visage en le rapprochant du sol. Voilà tout juste un an que ce garçon est entré dans le monastère que nous venons d'ériger, au midi du fleuve, à deux journées de marche de Séville. Durant cette année passée parmi les frères, il s'est montré un élève appliqué en toute chose et respectueux des règles de vie qui rythment nos journées. Toutefois, depuis un mois maintenant, lorsque viennent les heures les plus noires de la nuit, à mi-chemin entre complies et matines, le novice que vous voyez devant vous est la victime d'un étrange égarement qui vient grandement perturber la vie contemplative de notre humble monastère tout en semant le trouble dans l'esprit de ses compagnons de dortoir.

— De quoi s'agit-il exactement ? demande Roscelin.

— Eh bien, il semble que ce malheureux novice, dont l'esprit est pourtant si posé durant le jour, soit frappé d'un insolite bavardage durant ses heures de sommeil.

— Il s'agit là d'un trouble fort commun et qui ne nécessite pas, à mon avis, une cure.

— Non, bien sûr, bien sûr, répond le moine qui s'agite sur sa chaise en cherchant ses mots, mais c'est que… voyez-vous… notre problème vient plutôt du contenu du discours nocturne du jeune Arturo, dont… l'indécence des termes et la… vulgarité des expressions, puisées invariablement dans un latin classique et populaire, ne correspondent que très peu… que très peu…

— … aux discours qui résonnent habituellement dans les murs d'un monastère, intervient Roscelin devant l'embarras de son interlocuteur.

— Voilà, je vois que vous me comprenez, continue le moine soulagé. Au début, nous avons vu dans cette manifestation l'œuvre du démon, venu s'emparer d'une âme innocente ; mais toutes nos prières et nos pénitences n'y ont rien changé. Chaque nuit, les mêmes histoires contées avec les mêmes mots reviennent dans la bouche du garçon. Nous avons dû l'isoler dans une cellule afin qu'il cesse de perturber le dortoir commun. Toutefois, cette malédiction est en train de contaminer le monastère tout entier. Les jeunes novices, qui ont eu tôt fait de prendre goût à ces récits nocturnes, se réunissent maintenant en cachette devant la porte d'Arturo pour se délecter de ses histoires.

— Je vois, je vois, répète Roscelin amusé.

— Si donc vous êtes en mesure de soigner les maladies de l'âme, vous seul pouvez désormais sauver ce garçon.

— Pour cela, il faudrait que j'en apprenne davantage sur les récits qui sortent de la bouche de ce novice, répond le médecin en cherchant à accrocher le regard du garçon.

— Il est inutile de l'interroger, s'empresse de répondre le vieux moine, car Arturo n'a aucun souvenir de ses propres égarements, et il ne peut que se vouer à la prière pour tenter d'oublier la honte qui s'empare de lui lorsque, aux matines, il apprend de la bouche des autres les propos incongrus qu'il a tenus durant la nuit.

— Certes, mais vous-même êtes sans doute en mesure de me rapporter ces propos ?

– Eh bien, disons qu'ils évoquent le plus souvent les pérégrinations de deux débauchés répondant aux noms d'Encolpe et d'Ascylte.

– Et vous rappelez-vous quelques phrases prononcées la nuit par le novice ?

La question de Roscelin a pour effet d'empourprer le visage du jeune Arturo ainsi que celui de son supérieur. Ce dernier, qui semblait redouter cette demande, finit par s'exprimer à contrecœur :

– La dernière nuit qu'Arturo a passée dans sa cellule avant de partir pour Séville, je me souviens avoir été réveillé en sursaut par la phrase suivante, davantage proclamée que chuchotée : « *Itane est ? etiam dormire uobis in mente est, cum sciatis Priapi genio peruigilium deberi*[1] ? »

– Vous souvenez-vous d'autre chose encore ?

– Si ma mémoire est bonne… peu après… le novice s'est mis à conter une histoire. Trop éloigné de lui, je n'ai pu en saisir les premières phrases, mais, en me rapprochant de son lit, j'ai pu entendre la fin de ce récit, que j'ai retenue bien malgré moi : « *Eumolpus non distulit puellam inuitare ad pygesiaca sacra. Sed et podagricum se esse lumborumque solutorum omnibus dixerat. Itaque ut constaret mendacio fides, puellam quidem exorauit ut sederet super commendatam bonitatem, Coraci autem imperauit ut lectum, in quo ipse iacebat, subiret positisque in pauimento manibus dominum lumbis suis commoueret. Ille lente*

1. « Mais quoi, songez-vous encore à dormir quand vous savez que cette nuit est due tout entière au culte de Priape ? »

*parebat imperio, puellaeque artificium pari motu remunerabat*[1]. » Et, plus tard encore dans la nuit, les murs du monastère ont longuement résonné lorsqu'il a déclamé ce poème à pleine voix :

*Qualis nox fuit illa, di deaque,*
*Quam mollis torus ! Haesimus calentes*
*Et transfudimus hinc et hinc labellis*
*Errantes animas*[2].

— Très bien, je vous remercie, il n'est pas nécessaire de continuer plus avant, l'interrompt Roscelin en contenant un sourire.

Puis, après un court moment de réflexion, le médecin se lève, s'assure que la porte de sa chambre est bien fermée et s'approche lentement des deux hommes. En baissant la voix, il leur dit :

— Je vous ai écouté attentivement et je vous jure de garder vos paroles secrètes. À votre tour, vous devez me promettre de ne révéler à personne ce que je vais maintenant vous confier.

— Soyez assuré de notre silence, répond le vieux moine surpris par le comportement du médecin.

1. « Eumolpe invita sans perdre une minute la demoiselle à faire avec lui une séance de gymnastique sacrée. Mais il avait dit partout qu'il était perclus des reins. Pour rester fidèle à ce mensonge, il pria la jeune femme de venir le chevaucher puis commanda à Corax de se glisser sous le lit où lui-même était couché, et, les mains appuyées sur le parquet, de lui imprimer la cadence avec ses reins. Corax s'exécuta avec une lenteur sagement calculée et répondit, par des secousses égales, aux expertes manœuvres de la jeune femme. »

2. « Quelle nuit, dieux et déesses ! quelle douceur dans ce lit ! Dans une étreinte brûlante, nous cueillions sur nos lèvres et nous échangions nos âmes délirantes. »

– À moi de vous conter une très ancienne histoire. Elle a débuté dans une officine du lointain Orient vers laquelle affluaient chaque jour des dizaines de charrettes transportant toutes de véritables trésors. Et savez-vous à qui étaient destinées ces richesses ?

– Comment le saurions-nous ? répond simplement le plus âgé des deux moines.

– Eh bien, celles-ci étaient remises à un simple apothicaire qui, contre sept fois son poids en or, confiait à ses visiteurs un seul sachet d'une préparation médicinale qui avait le pouvoir de guérir toutes les maladies, y compris les plus grands égarements de l'âme tels que celui dont vous m'avez parlé. Pas un roi, pas un seigneur, pas un gouverneur de province qui n'offrît toute sa fortune pour pouvoir posséder ce miraculeux remède. Quand les coffres des plus grands monarques furent vides, on dit même qu'ils échangèrent souvent leurs propres filles contre un nouveau sachet de la préparation, que l'on nomma bien vite la poudre des rois.

À cet instant, Roscelin se relève, se saisit de son sac et, tout en continuant de parler à voix basse, il le serre contre lui.

– Je pourrais vous conter durant des heures l'histoire de ce remède qui, depuis des siècles, a fait l'objet de toutes les convoitises. Savez-vous par exemple que les plus grands seigneurs d'Orient et d'Occident dépêchent encore aujourd'hui leurs meilleurs espions pour s'emparer de cette précieuse poudre ? Voilà pourquoi je vous ai demandé le secret, car je n'aurais nul endroit assez sûr pour me cacher si quelqu'un venait à savoir que je possède ceci.

En prononçant ces dernières paroles, Roscelin ouvre lentement la main et tend un petit sachet de cuir au novice. Ce dernier, dont les yeux vont et viennent entre le visage du médecin et sa main ouverte, finit par balbutier :

— Mais... qu'est-ce que c'est ? Serait-ce... de... la poudre des rois ?

En entendant son patient prononcer ces mots à haute voix, Roscelin referme soudain son poing pour en dissimuler le contenu et porte tout de suite un doigt à sa bouche pour demander le silence. Puis, en ouvrant de nouveau sa main, il tend le remède au jeune homme et lui dit :

— Lorsque tu rentreras au monastère, dilue ceci dans un peu d'eau et bois-le d'un seul coup. Tu te débarrasseras ainsi de tes délires nocturnes.

— Mais nous n'avons que très peu d'argent, s'inquiète son supérieur, et nous sommes incapables de réunir la somme que coûte ce remède.

— Les plus anciens préceptes de la médecine, le rassure aussitôt Roscelin, ceux-là mêmes que dictaient Hippocrate de Cos à ses disciples, m'ont toujours incité à ne pas être âpre au gain, à mépriser la fortune et à préférer le plaisir de la reconnaissance à celui d'un vain luxe. Voilà pourquoi je ne vous demanderai aucun paiement en échange de ce remède. Les quelques années durant lesquelles j'ai appris et exercé l'art de guérir m'ont enseigné que l'on ne peut point aimer la médecine sans aimer les hommes. À présent, ne me remerciez pas et partez, sans prononcer un mot de plus à ce sujet.

Au moment même où les deux hommes quittent la chambre, Roscelin, se ravisant tout à coup, demande au plus âgé des deux moines de sortir pour le laisser seul un instant avec le novice. Une fois la porte refermée, il lui dit :

– L'efficacité de la poudre des rois peut se trouver grandement augmentée lorsqu'elle s'accompagne d'une simple conversation. Alors réponds à ma question, t'arrive-t-il de te rendre dans les bibliothèques ?

– Oui, le monastère compte beaucoup de frères copistes et enlumineurs, et nous partons souvent à la recherche de manuscrits que nous recopions ou traduisons.

– Et il s'agit toujours, bien entendu, de textes sacrés ou écrits par des savants ?

– Bien sûr, répond le novice en baissant le regard.

– Toutefois, il ne serait pas impossible que ta main, en recherchant un manuscrit dans un rayon, ait un jour saisi, et cela par le plus grand des hasards, un livre attribué à Titus Petronius Niger et qui s'intitule le *Satiricon ?*

– Non, cela n'eût pas été impossible, répond d'une voix à peine audible le jeune Arturo qui baisse à nouveau les yeux.

– Et si tel avait été le cas, tu aurais sûrement lu les pages échouées accidentellement entre tes mains. Et tes yeux, sans doute, comme mus par une force qui aurait échappé à ta volonté, auraient pu continuer de lire ces phrases. N'es-tu pas d'accord avec moi ?

— Oui, murmure simplement le novice.

— Et les jours suivants auraient été semblables à celui-ci, si bien qu'à la fin tu aurais déchiffré et retenu la majeure partie de cette œuvre licencieuse, sans oser confesser l'égarement qui t'a conduit à poursuivre ta lecture.

Face au silence de son patient, Roscelin continue :

— Mais sache qu'un puissant remord, lorsqu'il est gardé secret, cause bien souvent de grands dommages à l'âme qui l'abrite. S'il est maintenu de force en son sein, il n'a de cesse de la ronger pour pouvoir s'échapper. Tu as voulu étouffer ce remord en toi, en le taisant, mais celui-ci est parvenu à se manifester en profitant de ton sommeil. Si tu ne t'en libères pas devant moi, il continuera de te hanter.

— J'ai…

— Parle sans crainte !

— J'ai… tenté de résister à cette lecture, mais… mon désir était le plus fort, finit par avouer le novice dans un sanglot, sans oser relever les yeux vers le médecin. Malgré la honte et le mépris que m'inspirait ma conduite, j'ai longtemps dissimulé cet ouvrage dans mon écritoire et je le lisais sans cesse en lieu et place de mon étude. Vous êtes la première personne à qui je révèle cela. Jamais je n'ai osé avouer ce secret en confession, et plus je le taisais, plus il me tourmentait.

– Sois tranquille à présent. Comme le dit le même Titus Petronius Niger, que j'ai lu moi aussi, et bien avant toi, « *Medicus enim nihil aliud est quam animi consolatio*[1]. » La véritable guérison ne vient que de toi-même. Tu viens donc de te libérer tout seul, et simplement en m'en parlant, du mal qui a causé ton trouble. Si tu n'oublies pas d'avaler la poudre des rois, pour conforter ta guérison, tu dormiras en paix et les autres moines seront désormais privés du plaisir de t'entendre la nuit.

1. « Le médecin n'est rien d'autre qu'un réconfort moral. »

## 20

Dans l'après-midi, le nombre d'hommes et de femmes qui se présentent à l'auberge *Esteban* ne cesse de croître. Très vite les chaises disposées dans le couloir de l'étage ne suffisent plus. La file ininterrompue des malades se prolonge dans l'escalier, tandis que les derniers arrivés doivent attendre dehors, sous le soleil.

Après avoir pris congé d'un patient, le maître Akzar appelle la personne suivante et s'étonne de ne voir personne pénétrer dans sa chambre. Il s'approche alors d'un homme assis dans le couloir et lui demande de quoi il souffre.

– Je suis orfèvre, répond-il, et à la fin de ma journée de travail, mes yeux et ma tête me font atrocement mal.

– Venez, lui propose le maître de médecine en lui désignant sa chambre, je vais vous examiner.

– Je vous remercie, répond l'orfèvre sans se lever de sa chaise, mais je préférerais rencontrer le médecin français.

Surpris, Harmad Ibn Akzar interroge la personne suivante, qui lui confie être également venue pour Roscelin ; puis, descendant une à une les marches de l'escalier, il entend inlassablement la même réponse.

Très vite Sarah se trouve libre elle aussi. À son tour elle s'approche des femmes assises dans le couloir de l'auberge, s'enquiert de leurs maux, mais toutes refusent de rencontrer quelqu'un d'autre que le jeune médecin français.

— Puis-je vous demander pour quelle raison ? demande la jeune femme à l'une des patientes.

— Il a miraculeusement guéri mon père qui est venu le consulter ce matin, répond cette dernière.

— Aucun médecin n'avait pu débarrasser mon frère de ses maux de tête, intervient alors un autre homme. Depuis qu'il a pris le remède du Français, ses douleurs ont disparu comme par magie.

Harmad Ibn Akzar et Sarah, à la fois étonnés et incrédules, échangent un regard puis regagnent leurs chambres.

Il est plus de minuit lorsque Roscelin raccompagne son dernier patient et referme la porte derrière lui. Jouissant enfin du plaisir d'être seul, il ferme les yeux et pousse un long soupir. Puis, sans prendre le temps de se dévêtir, il souffle une à une toutes les bougies et s'allonge sur la paillasse de sa chambre, fraîchement garnie de tanaisie et de gaillet. Une fois étendu, son esprit s'abandonne à ses souvenirs. Il se remémore les étapes du long périple qu'il a effectué depuis Paris et qui l'a conduit ici, dans cette auberge sévillane, en compagnie d'une jeune consœur et d'un vieux maître maure, sur les traces d'un assassin.

Voilà près d'un an maintenant qu'il est parti sur les routes, en quête des savoirs qui gagnent l'Europe par le Sud. L'idée de ce voyage avait longuement mûri en lui. Dès l'âge de onze ans, ses précepteurs de latin et de grec lui avaient raconté la vie aventureuse de Pierre le Vénérable, abbé de Cluny, qui, en 1143, n'avait pas hésité à se rendre en Espagne pour encourager la transmission du savoir oriental en Occident. Plus tard, lorsque Roscelin entreprit d'étudier la médecine, il entendit de grands voyageurs et des érudits parler des œuvres d'Abulcasis, d'Avenzoar, d'Averroès ou de Maïmonide, qui évoquaient les maladies de l'âme et s'intéressaient aux moyens de les soigner. Mais les livres tardaient à venir jusqu'en France. « Qu'à cela ne tienne ! s'était-il dit un soir d'hiver où il grelottait sur les bancs de l'université de Paris, si les savoirs sont trop lents à venir jusqu'à moi, je m'en irai vers eux ! »

Mais le voyage n'était pas sans danger, et il s'en aperçut dès les premières lieues qu'il parcourut. Parti à l'aventure, il savait qu'il s'exposait à rencontrer les mille visages de la mauvaise fortune, au détour d'une route et dans les villages où il faisait halte, à la nuit tombée, échangeant souvent ses services de médecin contre le gîte et le couvert, avant de repartir dès le lendemain matin. Ce soir, dans sa chambre d'auberge, il se souvient avoir fui au grand galop un hameau, près de Nîmes, poursuivi par des hommes armés de fourches et de lances, après que le malade qu'il y avait soigné fut mort subitement dans la nuit. Plus loin, en traversant les Pyrénées il se rappelle aussi avoir dû quitter en hâte un village, mais, cette fois, c'était après avoir si bien guéri un jeune patient, pourtant considéré comme perdu, qu'il s'était vu accuser de sorcellerie. Un évêque, alerté par les villageois, avait aussitôt prononcé la sentence et, à l'heure où Roscelin s'éveillait, des fagots étaient déjà disposés auprès d'un bûcher qui lui était destiné. Ce matin-là, il n'avait dû son salut qu'au dévouement des parents reconnaissants, qui étaient parvenus à organiser sa fuite. Plus loin encore, au pied des monts de Tolède, il se rappelle avoir chevauché tout le jour pour échapper à trois poursuivants fermement déterminés à s'emparer du secret de la poudre des rois, dont l'existence était parvenue à leurs oreilles. Puis, lentement, ses souvenirs lui échappent, ses pensées s'égarent et il sombre dans un profond sommeil.

*Bientôt nous atteindrons Ribat el-Fath. Après m'être rendu sur le port, je m'installerai sur la plus grande place de la cité et j'y vendrai mes poudres, mes fioles et mes électuaires. Tout le jour je me suis arrêté en chemin pour cueillir des herbes et des plantes médicinales que mon œil s'est exercé à reconnaître depuis mon plus jeune âge. La plaine d'Akzour, il est vrai, regorge d'essences particulièrement recherchées. Cet après-midi, j'ai fait provision de pavot blanc, dont le suc extrait de la capsule desséchée produit une drogue très efficace contre les douleurs, et j'ai aussi trouvé de la jusquiame noire, très appréciée pour soigner les lésions, les plaies ou les ulcères. Tout au long de ma vie, j'ai tenté de lutter contre le mal que portaient les hommes et les femmes. Ainsi, lorsqu'il m'a fallu tuer, l'arme que j'ai utilisée fut celle que je connaissais le mieux : la maladie. C'était la plus redoutée des armes, celle contre laquelle le pouvoir ou les richesses ne pouvaient rien. De plus, je savais que la maladie, au contraire de l'épée ou de la dague, n'éveillerait pas tout de suite les soupçons et me permettrait d'achever ma tâche. Pourtant, très vite, des hommes ont essayé d'arrêter ce bras qui répandait la mort parmi les riches marchands sévillans. Tous l'ont pourtant vue, cette main meurtrière qui m'obéissait aveuglément, mais c'est bien la seule qu'ils n'aient jamais crue capable de commettre un tel acte. Il est vrai que ce bras armé dont je me servais pour tuer était différent chaque fois. J'avais réussi à rendre la mort invisible. Elle pénétrait au cœur de la demeure de mes victimes en se dissimulant aux yeux de tous. Les marchands eux-mêmes, fermant leur porte à double tour et verrouillant leurs fenêtres, ne l'ont pas vue s'élever derrière eux. Tout s'est passé dans leur chambre. Et nul ne m'a jamais vu en sortir.*

## 21

Galeo est maintenant un homme. Sa taille haute, ses épaules larges et sa démarche vigoureuse contrastent avec les traits fins de son visage sur lequel se dessine une fine barbe. Il pratique désormais l'ablation des tumeurs et la trépanation, sait amputer les membres, ligaturer les vaisseaux, recoudre les plaies et réduire les fractures. Son dévouement à ses malades et son talent de médecin sont maintenant reconnus de tous et sa réputation commence à franchir les épaisses murailles de la Commanderie de Karjik.

– Te voilà devenu un grand médecin, Galeo, lui dit un jour Johannus Van Neesroy. Je me suis donc entretenu hier soir avec le commandeur de la forteresse, et celui-ci, après avoir réuni son conseil tôt dans la matinée, a pris la décision de t'ouvrir les portes du Cryptoporticus.

Aucun nom n'est autant chargé de mystères que celui-là. Voilà près de quinze années que Galeo cherche à en percer le secret, en vain. Nul, au sein de la Commanderie de Karjik, ne prononce jamais ce nom sans baisser la voix et s'assurer qu'aucun étranger n'est présent. Toutes les questions que le jeune homme a posées à ce sujet depuis son enfance sont restées sans réponse. Souvent, enfreignant les ordres du père Van Neesroy, il avait voulu accéder au Cryptoporticus et s'était dissimulé dans les souterrains de la forteresse. Mais, chaque fois, un garde armé s'était dressé sur son chemin, l'interrogeant sur sa présence dans ces lieux et le reconduisant aussitôt vers les étages qu'il n'aurait jamais dû quitter.

– Le Cryptoporticus, continue le prêtre en baissant tout à coup le ton, est un lieu dont tu ne devras jamais révéler l'emplacement ni même l'existence à personne. Il est situé dans les souterrains de la forteresse, où les plus grands médecins et apothicaires du pays poursuivent des recherches avancées sur le corps humain, les maladies et les nouvelles manières de les soigner. Mais suis-moi plutôt et tu découvriras par toi-même le travail que nous y accomplissons tous les jours.

Quelques instants plus tard, après avoir franchi différentes portes dissimulées derrière des tapisseries, fait tourner plusieurs fois de lourdes clefs dans de larges serrures et avoir présenté des parchemins autorisant des gardes en armes à les laisser passer, Johannus Van Neesroy et Galeo pénètrent dans une vaste pièce voûtée où travaillent une dizaine d'hommes. Certains d'entre eux ont dans les mains des flacons de verre ou des vases d'étain contenant des liquides colorés et odorants. D'autres, à l'aide d'un mortier en pierre, écrasent des poudres dans des pots en corne qu'ils déposent ensuite dans des cages en fer contenant des souris et des rats, certains encore vivants, d'autres déjà morts.

— La plupart des maladies que nous connaissons sont réunies ici, dit le père Van Neesroy en montrant la salle qui s'ouvre devant eux.

— Comment cela ? s'étonne Galeo. Les maladies vivent-elles en dehors du corps de l'homme ?

— En quelque sorte... Regarde par ici, vois-tu le liquide contenu dans ce récipient ?

— Oui, dit le jeune homme en s'approchant du flacon et en le prenant dans ses mains.

— Eh bien, cette eau stagnante, qui a été récupérée dans de proches marécages, empoisonne à coup sûr tout homme qui la boit. Celui qui l'ingurgite ne tarde pas à souffrir d'une affection que nous connaissons depuis fort longtemps sous le nom de maladie du bord du Nil. Ici, au sein du Cryptoporticus, nous examinons ce liquide avec attention et tentons de comprendre comment agit le mal qu'il contient. Ainsi, nous découvrons peu à peu la médication la plus apte à le guérir. Regarde par là à présent, cette poudre orangée n'est autre que de la rouille. Un des apothicaires qui travaille ici a découvert que lorsque cette matière se mêle au sang de l'homme et que la plaie de celui-ci n'est pas nettoyée, elle peut causer une maladie terrible qui tue chacun des patients qui en sont atteints en raidissant leurs muscles.

— Et ces animaux ? demande ensuite Galeo en désignant des cages en fer.

— Ils sont tous là pour nos recherches. Un médecin étudie en ce moment le mal de la griffe du chat, et il a besoin de cet animal pour ses expériences.

Plus loin encore, tout au bout de la pièce, l'attention du jeune homme est attirée par de grandes tentures blanches tendues verticalement sur des montants de bois. Comme il s'en approche pour en écarter lentement l'un des pans, il découvre un cadavre étendu sur une table d'opération et dont le corps a été entièrement incisé, le séparant en deux parties sur toute sa longueur. À même les chairs sont disposés des écarteurs de muscles et des sondes cannelées. Au-dessus du corps se tient un homme, dont les vêtements sont entièrement couverts par un long tablier de lin épais. Lorsque celui-ci relève le visage, Galeo reconnaît aussitôt les traits d'Arto d'Angefort. À l'aide de deux pincettes qu'il tient dans chacune de ses mains, celui-ci, sans faire cas de ses visiteurs, soulève délicatement les chairs pour étudier le parcours des nerfs, avant de reporter ses observations par écrit sur des carnets de vélin posés à ses côtés.

— Connaissez-vous bien cet homme ? demande Galeo.

— Oui, murmure Johannus Van Neesroy en refermant le drap et en s'éloignant de la table d'opération. C'est le plus ambitieux, ou sans doute le plus fou des médecins de ce monde ; sa devise semble être *Obscurum per obscurius, ignotum per ignotius*, c'est-à-dire qu'il va vers l'obscur et l'inconnu en empruntant des voies plus obscures et inconnues encore.

– Que cherche-t-il ?

– Il essaie de prouver qu'Hippocrate avait tort lorsqu'il prétendait que le souffle vital, ou fluide nerveux, était invisible à l'œil nu et ne pouvait être conçu que par le raisonnement. Si d'Angefort réussit pour la première fois à identifier ce fluide vital, c'est donc qu'Hippocrate s'était trompé en disant que l'on ne le pouvait voir.

– Et s'il ne le trouve pas ?

– Dans ce cas, il lui faudra choisir entre deux possibilités ; la première devra faire admettre que ce fluide n'existe pas et la seconde qu'Hippocrate avait raison en prétendant que ce dernier existe bel et bien mais demeure invisible, à l'image du fluide vital qui remplit l'espace compris entre la Terre et le ciel et qui, bien qu'il fait se mouvoir le Soleil, la Lune et les astres, échappe depuis toujours au regard des hommes.

– Mais si Arto d'Angefort finit par trouver ce fluide vital dans le corps de l'homme, s'interroge Galeo à voix haute, et si, comme l'affirme Hippocrate, cette substance est bien la plus puissante force d'action et de cohésion du corps humain, celle-là même qui donne vie aux hommes et établit les remparts contre les maladies, il suffirait alors de recueillir ou de reproduire cette matière pour créer un remède capable de soigner tous les maux dont souffrent les hommes.

– Tu as vu juste, Galeo. Voilà pourquoi je te disais qu'Arto d'Angefort est le plus ambitieux de tous les médecins, car il est à la recherche du plus grand secret qui soit au monde : celui de la Panacée. De nombreux hommes avant lui ont voulu découvrir ce remède capable de guérir l'ensemble des maladies. Mais, à ma connaissance, toutes les recherches entreprises de par le monde depuis l'origine de la médecine sont restées vaines. Et seul l'avenir nous dira s'il a réussi.

Galeo, qui en conversant a poursuivi sa découverte du Cryptoporticus, se penche maintenant au-dessus de plusieurs pots en corne contenant des matières qu'il a du mal à identifier.

– Ce sont là des extraits de minéraux et des solutions, dit le prêtre en anticipant la question du jeune homme. Je suis convaincu que de grandes découvertes restent encore à faire dans ce domaine. Longtemps considérées comme des poisons pour le corps humain, les solutions de zinc, de fer, de soufre, de borax ou d'alun, tout comme les sels d'or ou d'argent peuvent posséder certaines vertus.

L'attention du jeune médecin est soudain attirée par une boîte contenant une poudre nauséabonde. Comme il tend son bras pour en apprécier la consistance entre ses doigts, le père Van Neesroy retient soudain son geste.

– Prends garde ! lui dit-il. Si cette substance venait à pénétrer dans ton corps par une petite plaie, tu souffrirais d'une forte fièvre qui se révélerait très vite mortelle.

– Quelle maladie provoque-t-elle donc ?

Le prêtre, qui hésite un instant à répondre, pose sa main sur l'épaule du jeune homme et lui dit :

– Cette substance, que j'ai récupérée en grattant des boiseries humides et malsaines, provoque chez les hommes et les femmes qu'elle infecte le feu Saint-Sylvestre.

– Avez-vous déjà réussi à guérir un patient atteint de ce mal ?

– J'ai souvent essayé, répond Johannus Van Neesroy. Mais ne parlons plus de cela. Dès demain, tu reviendras ici et tu commenceras toi aussi les recherches que tu jugeras bon d'entreprendre.

## 22

Le lendemain matin, aussitôt après s'être rendu dans la salle des malades et avoir réduit la fracture d'un patient, Galeo se rend chez le père Johannus Van Neesroy.

– Je dois vous parler, lui dit-il.

– Je t'écoute, répond le prêtre qui a tout de suite perçu la gravité du ton de son protégé.

– Je n'entreprendrai aucune recherche au sein du Cryptoporticus. Aujourd'hui, après quinze années passées à Saint-Jean-d'Acre, j'ai pris la décision de partir.

Après un instant de réflexion, le prêtre s'exprime :

– Je ne peux qu'approuver cette décision, les voyages sont le meilleur moyen de confronter ton savoir à celui des autres et de parfaire ton apprentissage de médecin. Mais dis-moi, où désires-tu te rendre ? À Fostat, pour rencontrer le maître Yehouda qui fut lui-même disciple de Maïmonide, ou bien à l'université d'Alexandrie, ou encore à celle de Montpellier ? À moins que tu ne désires plutôt te rendre à l'école du grand califat de Bagdad ou dans celle de la lointaine Samarkand ?

Galeo tarde à répondre. Puis il se décide à articuler ces quelques mots :

– Non, aucune de ces destinations n'a retenu mon choix. J'ai décidé de retourner à Séville.

Le père Van Neesroy, qui semblait s'attendre à cette réponse, durcit imperceptiblement les traits de son visage avant de demander :

– Pourquoi avoir choisi cette cité où tu n'as plus aucune famille ?

Le prêtre n'obtient pas de réponse à sa question.

– Laisse le passé en paix, Galeo, continue-t-il d'une voix calme, et rappelle-toi plutôt les paroles d'Avicenne : « Le temps fait oublier les douleurs, il éteint les vengeances, apaise la colère et étouffe la haine ; alors le passé est comme s'il n'eût jamais existé. »

– Si des douleurs peuvent être oubliées, ce sont les plus insignifiantes. L'âme retient toujours dans les mailles de ses filets les grandes souffrances que nous avons vécues. C'est leur souvenir qui vient hanter nos rêves la nuit et nous tourmenter le jour. Jamais elles ne s'évaderont, et c'est lorsque nous les croyons disparues qu'elles reviennent le mieux nous tourmenter. Si elles quittent un temps l'âme, c'est pour ronger notre corps, pour retenir notre souffle et troubler notre voix, ou encore pour faire souffrir des organes pourtant épargnés par la maladie. Voilà ce que m'ont enseigné la pratique de la médecine et ma propre vie d'homme. Sans doute le temps m'aidera-t-il à apprivoiser le mal que je porte en moi, mais jamais mon âme ne le laissera s'évader.

— Je vois que toutes ces années n'ont pas effacé le passé. Pourrais-tu m'affirmer que tu as abandonné ton désir de vengeance ?

Après un long silence, le médecin finit par répondre :

— La médecine est l'art de soigner et non pas de tuer.

— Tes mots sont justes, mais tu n'as pas répondu à ma question. Qu'arriverait-il si, une fois à Séville, tu venais à croiser l'un des marchands qui ont autrefois assassiné tes parents ?

Galeo garde à nouveau le silence avant de regarder le prêtre dans les yeux.

— Rien ni personne ne pourra m'empêcher de partir. Une nef marchande, chargée de soieries, de joyaux et de porcelaine, lèvera l'ancre dès l'aube pour gagner les côtes de l'Andalousie. Une place m'attend déjà à bord. Si les vents nous sont favorables, je serai à Séville dans un mois.

## 23

Peu après son réveil, alors qu'il entrebâille la porte de sa chambre, Roscelin découvre une foule, plus dense encore que la veille, qui attend dans le couloir de l'auberge *Esteban.* Après s'être fait monter un repas par le maître de maison, Roscelin s'apprête à faire entrer son premier patient lorsqu'un homme de forte corpulence, à la barbe et aux cheveux noirs et très richement vêtu, se dirige vers le médecin sans attendre son tour. Devant la contestation bruyante entraînée par son comportement, celui-ci détache de sa ceinture une bourse pleine de pièces d'argent et la jette avec mépris à la foule pour l'apaiser. Aussitôt après, il entre dans la chambre de Roscelin et prend soin de refermer lui-même la porte derrière lui.

— Vous devez m'aider, dit-il au médecin, car je crains fort que ma vie ne soit en danger.

— Quel mal craignez-vous en particulier ? demande aussitôt Roscelin.

Très agité, l'homme ne répond pas tout de suite à la question. Il se mord longuement les lèvres, puis se décide à s'exprimer de nouveau :

— On murmure à Séville que vous possédez le secret d'une préparation médicinale qui fait des miracles. Tous ceux qui sont venus vous consulter ont soudainement vu leurs maux disparaître. Vous seul pouvez donc me sauver. J'ai beaucoup d'argent, et je vous paierai le prix que vous me demanderez. Aussi élevé soit-il.

— Il se peut en effet, répond prudemment Roscelin, que je possède un tel remède. Mais si vous ne me parlez pas, et avec force détails, de la maladie qui vous menace, je ne saurai quelle dose vous prescrire.

Le visiteur est de plus en plus nerveux. Ses mains s'agitent, sa respiration s'accélère et de grosses gouttes de sueur perlent sur son front. Il regarde autour de lui pour s'assurer qu'ils sont seuls dans la chambre et chuchote :

— Je ne peux vous nommer le mal que je redoute de contracter.

— S'agit-il d'une maladie contagieuse ?

— J'ai des raisons de penser que oui. Et je sais surtout que ce mal est mortel.

— D'où vient cette certitude ?

L'homme garde le silence. Puis, tout à coup, tandis que Roscelin le fixe sans rien dire, il murmure :

— Cette nuit, en songe, j'ai vu ma propre mort…

Après quelques minutes de silence, il poursuit :

— Un vieux brasier, éteint depuis près de quinze années, s'était rallumé comme par magie. J'ai tout d'abord senti sa chaleur rougir la peau de mon visage. Lorsque j'ai voulu fuir les flammes, il était déjà trop tard, celles-ci, qui s'étaient transformées en de longs bras, avaient réussi à mettre le feu à mon corps.

— Et c'est ainsi que vous avez perdu la vie ?

— Non, pas exactement. Je me souviens de m'être jeté à la mer, pour éviter de me consumer, et je m'y suis perdu à jamais.

— Accordez-vous du crédit à vos rêves ?

— On dit qu'ils peuvent annoncer l'avenir…

— Je ne le pense pas. Toutefois, il importe d'en tenir compte. Si l'on en croit le *Dânèsh-Nâma*, ou *Livre de science*, d'Avicenne, « Le rêve vient de ce que la faculté d'imagination reste seule et qu'elle se libère de l'influence de l'action des sens. » Ainsi, le rêve en dit souvent plus long que l'esprit qui commande le langage. « Qu'ai-je donc pensé pour aboutir involontairement à tel songe ? » se demandait le grand médecin persan avant de proposer, par l'artifice de la réflexion, de rétablir la pensée antérieure à son rêve et de conclure que pour chaque rêve, il existe une interprétation. Ainsi, si j'utilise à mon tour cette méthode, je dois vous demander : « Qu'avez-vous donc pensé pour aboutir au songe dont vous m'avez parlé ? »

— Je l'ignore.

— Ou bien vous croyez l'ignorer. Car vous me dites redouter une maladie, et l'une des premières images de votre rêve est votre visage rougi par les flammes. Se pourrait-il que vous craigniez en particulier un mal qui touche la peau ?

— C'est possible…

– Et le nom du mal, que vous imaginez sous forme de flammes, a-t-il un rapport avec le feu ?

– Sans doute…

– Comme le feu Saint-Sylvestre, par exemple, qui vient d'emporter de riches marchands de la ville ?

– Quel diable de médecin êtes-vous donc, pour pénétrer à l'intérieur des âmes ? s'emporte le marchand. Eh bien soit ! C'est ce mal que je redoute aujourd'hui, et vous devez me sauver !

Le médecin, après un long soupir, s'approche de son patient, le regarde toujours dans les yeux et lui dit d'un ton plein de mystère :

– Sachez tout d'abord que toutes les richesses que vous possédez ne suffiraient pas à acheter un seul grain de la préparation médicinale que je possède, car les plus grands rois d'Orient et d'Occident ont dû bien souvent lever de nouveaux impôts et vider les coffres de leur trésor pour s'en procurer. Ne croyez pas cependant que ce remède puisse agir sans l'aide d'un médecin. Il ne pourra vous préserver de la maladie que si, tout d'abord, vous vous libérez devant moi du secret qui ronge votre esprit. Quand vous m'aurez parlé, et alors seulement, je vous remettrai un sachet de la précieuse poudre que je possède. Vous pourrez ensuite partir, débarrassé de tout risque de maladie.

Confiant dans les paroles du médecin, l'homme, épuisé par sa propre anxiété, finit par s'ouvrir à lui.

– J'ai autrefois très bien connu les hommes qui sont morts de ce mal. Nous avions embarqué ensemble sur une nef marchande qui faisait route vers Saint-Jean-d'Acre. Mais, une fois en haute mer, un passager et son jeune frère sont tombés malades et, par peur d'être contaminés, nous avons décidé de nous débarrasser d'eux. C'était le seul moyen de nous libérer de ces fièvres… Nous étions huit à avoir pris cette décision. Cinq d'entre nous sont déjà morts, emportés par le même mal dont nous avons autrefois voulu nous préserver.

— Avez-vous déjà parlé de cela à quelqu'un avant moi ? demande Roscelin.

— Non, à personne, répond l'homme. Excepté, il y a moins d'une heure, lorsque je me suis confessé.

— Qu'est-ce qui rendait cette confession si urgente ?

— Je crains désormais pour ma vie, et plus encore pour mon salut. Ce matin, un inconnu a déposé cela dans mon échoppe.

Le marchand tend à Roscelin un parchemin roulé, sur lequel est inscrit le texte suivant :

*Cinq sont déjà morts. Tu seras le sixième.*
*Lorsque le jour s'achèvera,*
*le mal que nous portions en nous*
*coulera dans ton sang.*
*S'il est vain de vouloir sauver ton corps,*
*sans doute peux-tu laver les crimes*
*qui souillent encore ton âme.*

Roscelin réfléchit un instant, puis interroge son patient :

— Ces deux hommes, à bord du bateau, étaient-ils accompagnés d'un autre parent ?

— Oui, je me souviens en effet d'un jeune enfant qui était, je crois, le fils de l'un des deux frères.

— Sauriez-vous aujourd'hui reconnaître ce garçon ?

— Impossible, c'était il y a quinze ans et il ne devait être âgé que de sept ans à peine.

— Très bien, dit enfin Roscelin, mais avant de vous remettre ma préparation médicinale, je dois encore examiner vos épaules.

L'homme ôte alors sa chemise et expose son dos nu au regard du médecin, qui s'assure que celui-ci ne comporte aucune blessure. Puis, plongeant sa main au fond de son sac, il en sort, avec d'infinies précautions, un petit sachet de cuir, solidement fermé par un cordon.

— Rentrez chez vous et avalez vite ceci avec de l'eau en une seule prise, dit-il au marchand. Le goût vous fera sûrement grimacer un long moment, mais ce remède vous préservera de la maladie. Surtout, n'en parlez à personne. C'est de la poudre des rois, et nul ne doit savoir qu'elle est en ma possession.

Aussitôt après que l'homme l'a quitté, Roscelin se précipite dans la pièce où le maître Akzar et Sarah attendent toujours leur premier patient de la journée.

— Suivez cet homme ! leur crie-t-il. C'est un riche marchand, il est encore en parfaite santé et ses épaules ne sont pas meurtries, mais il ne fait aucun doute que quelqu'un s'en prendra à sa vie très prochainement.

## 24

Harmad Ibn Akzar et sa disciple se précipitent sur les pas du marchand. Ce dernier s'engouffre dans plusieurs ruelles avant de pénétrer dans la première taverne de la Plaza Virgen de los Reyes. Le maître de médecine passe la porte juste derrière lui tandis que Sarah, restée à l'extérieur de l'établissement, surveille les entrées et sorties de chacun. Un grand tumulte règne dans la taverne. Les maîtres d'équipages de nefs marchandes, d'une voix forte et éraillée par la boisson, y recrutent des hommes qui se vendent au plus offrant, quand ce n'est pas à celui qui déposera sur leur table le plus grand nombre de pichets de vin.

Avant qu'ils ne soient totalement enivrés, les recruteurs présentent sous les yeux des marins des parchemins faisant office de contrat d'embarquement. Ces derniers les signent d'une simple croix avant de recevoir quelques dinars de leurs soldes, qui passent aussitôt dans les mains des femmes installées dans les alcôves du premier étage. Outre les marins, la taverne regorge de voleurs des rues, d'artisans ou de soldats du roi en civil, que l'issue controversée d'une partie de dés a vite fait de réunir dans la même empoignade.

En pénétrant dans la taverne, le marchand s'arrête un instant pour dévisager les hommes qui s'y trouvent. L'un d'entre eux, pense-t-il, qui renierait probablement père et mère en échange de quelques pièces, peut très bien avoir été payé pour me tuer. Puis, s'écartant des clients sans quitter des yeux leurs bras ni la dague que tous portent à la ceinture, il gagne la table la plus reculée de la taverne, s'assied en veillant à tourner le dos au mur du fond et appelle le tavernier. Peu après, un homme gras, mal rasé et dont quelques trous noirs ont pris la place d'autant de molaires et d'incisives, se présente devant lui. Le marchand lui remet plusieurs dinars d'argent sans prendre la peine de les compter et lui demande un pot à boire et un pichet d'eau.

– De l'eau ? répond le tavernier étonné.

– Eh bien oui, de l'eau, s'emporte-t-il. L'argent que je t'ai donné vaut largement de quoi en acheter des dizaines de tonneaux, alors dépêche-toi de me servir !

Un instant plus tard, le marchand, sans se savoir observé, verse le plus discrètement possible dans son pot le petit sachet de poudre que lui a remis Roscelin et, après l'avoir dilué, il l'avale d'un seul coup. Harmad Ibn Akzar, qui s'est dissimulé parmi la foule des clients, voit alors le visage du marchand se convulser de dégoût. Puis une brusque quinte de toux sèche s'empare de lui tandis qu'avec ses mains, qu'il vient de porter sur sa gorge et sur sa poitrine, il tente d'apaiser le feu qui descend dans son corps. Quelques instants plus tard, le souffle court et les yeux mouillés de larmes, le marchand se lève avec peine de sa chaise, traverse la salle et ressort de la taverne. Il se dirige vers la Plaza San Francisco et, peu avant de l'atteindre, il ouvre une grande grille en fer forgé, traverse un patio bordé d'une haie de lauriers, contourne un bassin rectangulaire surmonté d'une fontaine en marbre et pénètre dans une immense demeure.

Cela fait plusieurs heures que l'homme est entré chez lui. Sarah et son maître de médecine, qui ont pris place dans un vaste jardin planté de cyprès et d'orangers, n'ont pas quitté des yeux un seul instant la porte de son domicile. Après que le marchand y est entré, personne n'en a plus franchi le seuil.

Le jour est passé et le soleil est à présent couché. Si, dans la journée, les Sévillans viennent nombreux se promener dans les allées de ce jardin afin d'y trouver un peu de fraîcheur, à cette heure de la nuit le maître de médecine et sa disciple sont seuls. La lune, qui perce quelquefois à travers les branches des orangers, les éclaire faiblement, et seule une brise légère qui agite parfois l'enchevêtrement des cimes vient troubler le silence. Les deux enquêteurs, pour lutter contre le sommeil, restent attentifs au moindre bruit et sont prêts à signaler toute tentative d'intrusion dans la demeure du marchand. Mais tout est calme cette nuit-là lorsque la porte s'ouvre et laisse entrevoir la silhouette d'une servante à laquelle s'adresse la maîtresse de maison :

– Cours vite chercher de l'aide ! Demande les meilleurs médecins, et fais aussi venir un prêtre !

Aussitôt après, Harmad Ibn Akzar et Sarah se précipitent vers la porte :

– Nous sommes tous deux médecins, disent-ils. Que s'est-il passé ?

– C'est mon mari, il est brûlant de fièvre ! Montez vite !

Les deux médecins pénètrent à l'intérieur de la demeure, précédés par la femme du marchand. Ils longent de grands murs décorés de stuc, recouverts parfois de voiles tombant jusqu'aux lambris, s'engagent sous un portique à double colonnettes mauresques, puis atteignent enfin, au premier étage, la chambre d'été du maître de maison, une vaste pièce revêtue de céramique azurée. Harmad Ibn Akzar se presse vers le lit où ce dernier est couché, applique son oreille contre sa poitrine et, après un court instant, se relève lentement et fait un signe de la tête pour signifier à son entourage que l'homme étendu devant lui n'est plus en vie. Après s'être entretenu avec l'épouse du marchand, le maître de médecine et sa disciple retournent vers le défunt et observent plus attentivement son visage, encore recouvert de plaques rouges et purulentes. Ils examinent ensuite le reste de son corps qui présente de petits bleus épars et se jettent un regard qui signifie que tous deux sont arrivés à la même conclusion.

– Le feu Saint-Sylvestre, laisse simplement échapper Sarah.

– Mais comment le mal a-t-il pu entrer si vite dans le corps ? se demande à voix haute le maître Akzar.

Puis, se retournant vers l'épouse du marchand, il l'interroge :

– Depuis hier matin, votre mari a-t-il reçu une visite ?

– Non, répond la femme en pleurs, il semblait très préoccupé et n'a voulu parler à personne. Puis il s'est longuement enfermé dans son cabinet de travail et n'en est ressorti que pour se coucher. Il était alors déjà très las. Ce n'est que tard dans la nuit que je l'ai entendu gémir et que je me suis aperçue qu'il était malade.

– Quelque chose d'inhabituel vous a-t-il été servi au repas ?

– Non, notre servante nous a apporté, hier au soir, des plats que j'ai moi-même mangés sans en être incommodée.

À cet instant, Sarah, qui n'a cessé d'examiner le cadavre, attire l'attention de son maître :

– Regardez, les mêmes plaies aux épaules et sur le dos que nous avons constatées sur la précédente victime. C'est une nouvelle fois par là qu'est entré le mal.

– Mais qui donc, se demande le maître Akzar, a pu lui infliger de telles blessures, puisque aucun étranger n'a pénétré chez lui ?

— Et comment celles-ci ont-elles pu s'infecter si vite, dans une maison aussi propre ?

— Cette demeure est en effet loin d'être la plus malsaine de Séville. Et puisque nous avons constaté par nous-mêmes que notre homme n'est pas sorti, c'est donc que le mal est venu à lui d'une manière ou d'une autre.

Après cette phrase, les deux médecins restent muets, en proie à une réflexion qui les conduit à la même conclusion :

— Se pourrait-il, demande Sarah à voix basse, que…

— … le sachet que lui a remis Roscelin l'ait empoisonné ? poursuit Harmad Ibn Akzar qui a deviné les pensées de la jeune femme.

— Après tout, il est médecin, il vient d'un pays lointain et nous ne savons presque rien de lui.

— Et sa venue à Séville ne suit que de quelques jours les premiers cas de feu Saint-Sylvestre parmi les marchands de la ville, ajoute le maître Akzar en passant sa main dans sa barbe.

— Il ne nous reste qu'une seule chose à faire pour savoir si Roscelin a bel et bien empoisonné son patient.

— Oui, nous devons faire toute la lumière sur cette poudre des rois.

## 25

Les coups frappés à la porte de sa chambre, au cœur de la nuit, tirent Roscelin de son sommeil. En ouvrant, il s'étonne de voir son maître de médecine, accompagné de Sarah, qui demande à entrer d'un ton plein de gravité.

— Nous aimerions jeter un coup d'œil à ta besace, lui dit simplement Harmad Ibn Akzar.

Les yeux mi-clos, le jeune Français bâille longuement, allume plusieurs chandelles puis, tout en passant sa chemise, il désigne négligemment du doigt son sac posé sur la table. Sarah s'en saisit la première, l'ouvre et en retire une douzaine de sachets de cuir. Chacun d'entre eux, fermé par un petit cordon, contient une poudre de couleur rose.

— Nous voudrions que tu nous parles en détail de ce remède que tu appelles la poudre des rois, demande la jeune femme.

— Et cela ne pouvait pas attendre demain matin ? lui répond Roscelin en se frottant les yeux puis en coiffant sommairement avec ses mains ses longs cheveux blonds ébouriffés.

— Non, cela ne peut attendre, intervient le maître de médecine, car le marchand qui a avalé cette préparation est mort à l'heure qu'il est.

— S'il est mort, répond le jeune médecin, ce n'est sûrement pas à cause de ma poudre des rois, qui, en elle-même, est une médication qui n'a absolument aucun effet sur la santé des patients.

Comme ses deux interlocuteurs, profondément intrigués par cette dernière réponse, le regardent sans rien dire, Roscelin soupire, s'assoit sur son lit et s'adresse à eux :

— Je vous dois toute la vérité. Pour cela, il me faut remonter à l'époque où je me suis aperçu que le pouvoir de l'esprit était illimité. Maïmonide n'écrit-il pas que « l'action de la souffrance morale affaiblit les fonctions physiques » ? Un deuil, une désillusion, une séparation peuvent en effet provoquer la maladie dans le corps, tout comme l'espoir ou la joie peuvent apporter une guérison inattendue. Ainsi, lorsque face aux souffrances de mes premiers patients j'ai constaté le peu d'efficacité des remèdes traditionnels, j'ai eu l'idée de solliciter les pouvoirs de leur esprit pour apporter la guérison à leur corps. Pour cela, je devais les convaincre qu'ils allaient avaler la préparation la plus efficace et la plus mystérieuse du monde. Absolument persuadés qu'ils allaient guérir, mes premiers patients se rétablirent donc par eux-mêmes. Depuis ce jour, mon travail de médecin a donc principalement consisté à inventer l'histoire la plus convaincante possible sur les vertus extraordinaires d'une mystérieuse poudre que les plus grands rois d'Orient et d'Occident se disputent depuis la nuit des temps. Un remède dont chacun des grains vaudrait des sacs d'or, et qui donnerait à celui qui l'avale le sentiment de devenir l'égal des monarques les plus puissants de la terre.

– Et tu prétends donc, lui demande Sarah, qu'ainsi présentée cette préparation possède un effet curatif ?

– Les faits me l'ont maintes fois prouvé. Combien de douleurs ai-je ainsi apaisées avec ma poudre, combien de peurs, de mélancolies ou de maux de ventre ai-je fait disparaître de la sorte ? Vous n'en avez pas idée. Des troubles de la mémoire aux épuisements musculaires, des difficultés de digestion aux maux de tête, sans oublier les insomnies ou les paresses génitales, la plupart des douleurs de ce monde disparaissent définitivement grâce à cette médication. De plus, pour augmenter son efficacité, je demande à mes patients le secret le plus absolu sur cette poudre, ce qui est le plus sûr moyen, vous en conviendrez avec moi, pour qu'ils s'empressent d'en révéler aussitôt l'existence à un proche parent ou à un ami. Ainsi, la plupart de mes patients sont souvent convaincus des pouvoirs miraculeux de la poudre des rois avant même que je ne leur en parle. Pour finir, combien de préparations médicinales ou d'opérations pratiquées par de grands chirurgiens ne font qu'aggraver les maux qu'elles sont censées guérir ? La poudre des rois, elle, ne cause aucun dommage. En l'utilisant je reste ainsi fidèle aux deux principes sur lesquels repose la doctrine d'Hippocrate. Premièrement, ne jamais nuire à son patient, et ensuite aider, au sein de son corps, l'action spontanément favorable de la nature.

Harmad Ibn Akzar et Sarah se regardent alors en silence tandis qu'en face d'eux Roscelin les observe en souriant.

– Et de quoi est composée cette préparation ? finit par demander le maître de médecine, très intéressé par le discours du jeune Français.

– Je choisis, pour sa composition, les ingrédients les moins coûteux que je trouve sur les marchés, c'est-à-dire des fèves que je pile grossièrement avec des piments forts. Car plus mauvais est le goût du remède, plus grand est le sentiment de son efficacité.

– Ainsi, cette poudre serait parfaitement inoffensive ? insiste Sarah.

– Autant que peuvent l'être quelques fèves mélangées à des piments.

– Dans ce cas, continue Harmad Ibn Akzar, tu ne verras aucun inconvénient à en avaler un peu sous nos yeux.

À ces mots, le sourire de Roscelin se transforme en une grimace de dégoût.

– Mais, maître Akzar, son goût est exécrable !

– C'est pourtant le seul moyen qui soit pour nous prouver que tu n'as pas empoisonné ce marchand.

– Si je n'ai pas d'autre choix... répond le jeune Français en accentuant son expression de dégoût avant de se saisir d'un sachet, d'en diluer le contenu dans un gobelet d'eau et de boire le tout.

Dans l'instant qui suit, le visage de Roscelin se convulse, des larmes coulent de ses yeux, puis, après un court halètement entrecoupé de hoquets nauséeux, le jeune homme, en reprenant son souffle, se met à rire tout en s'adressant à son maître et à Sarah :

— Jamais auparavant je n'avais goûté à ma poudre des rois ! J'ignorais que cela pouvait être aussi mauvais. Que Dieu me garde d'en avaler une seconde fois dans ma vie !

Peu après, par simple curiosité, Harmad Ibn Akzar porte lui aussi quelques grains à sa bouche, aussitôt imité par Sarah qui s'amuse tout d'abord de la grimace de son maître de médecine, avant de boire un grand verre d'eau pour calmer le feu que la poudre vient de causer dans sa propre gorge.

Le maître Akzar, après s'être éclairci la voix, s'adresse à Roscelin :

— Ainsi, tu réussis à soigner tes malades en les convainquant que la poudre des rois va les guérir.

— C'est aussi simple que cela. Mais je n'ai pas grand mérite, je ne fais que m'adapter au monde qui est en train de changer. Si la foi en Dieu a toujours été à l'origine de guérisons miraculeuses, pourquoi une confiance aveugle en la nouvelle science médicale ne provoquerait pas à son tour les mêmes effets ?

— Depuis les premiers regards que j'ai portés sur toi, répond Harmad Ibn Akzar, je me suis aperçu que, si tu es dépourvu de la plupart des qualités qui font un bon médecin, tu possèdes toutefois le génie de ceux qui font avancer notre science.

— Je dois pourtant reconnaître, maître, que contre certains maux, ma poudre des rois est sans effet. Elle n'a pu par exemple sauver de la mort le marchand qui est venu me trouver ce matin. Mais il me semble détenir une explication. Avant de quitter ma chambre, celui-ci m'a confessé qu'il y a quinze années, en compagnie de sept autres hommes, il s'était rendu coupable d'un double assassinat à bord d'un navire faisant route vers l'Orient. Un garçon, témoin de ce meurtre, constituait la seule famille des victimes. Aujourd'hui parvenu à l'âge adulte, il aurait une bonne raison de s'en prendre à ces huit individus dont six ont déjà perdu la vie.

— Cela est vrai, approuve Harmad Ibn Akzar. Et gageons que ce jeune homme est devenu médecin. Mais si nous tenons maintenant une esquisse de notre assassin, une question reste à résoudre. Comment s'y prend-il pour que les victimes, qui se tiennent pourtant sur leurs gardes, le laissent si facilement s'approcher d'elles ?

— Lorsque cet homme est venu me voir, poursuit Roscelin, sans doute était-il déjà trop tard. Il est donc inutile d'attendre encore que les victimes viennent à nous. Nous devons au contraire les identifier et les surveiller avant même qu'elles ne soient approchées par notre meurtrier. Mais comment faire, puisque nous ignorons qui sont ces hommes et où ils se trouvent aujourd'hui ?

– Il existe peut-être un moyen de l'apprendre, dit Sarah. Nous connaissons déjà le nom des six premiers marchands qui ont été assassinés. Il nous suffit donc de retrouver les livres d'embarquement des nefs marchandes parties pour Saint-Jean-d'Acre il y a quinze ans.

## 26

Cette même nuit, tout est calme dans l'enceinte du palais de l'Alcazar. Même le pas lent des gardes ne parvient pas à troubler le murmure de l'eau qui court, en contrebas du chemin de ronde, sur le marbre des bassins. À cette heure de la nuit, les jardins et les cours de la forteresse sévillane semblent être la source du proche Guadalquivir, tant sont nombreux les ruissellements le long des canalisations de pierre, les jaillissements des canons des fontaines qui retombent en cascade dans des étagements de vasques, ou encore les conduits souterrains qui disparaissent sous une allée de cyprès pour surgir tout à coup sous une voûte de lauriers-roses.

Tout le jour, le soleil a été généreux, et les pierres des murailles sont encore chaudes. Deux sentinelles, adossées contre un merlon du rempart, observent les jardins et les patios quand leur regard est attiré par une faible lueur qui perce les jalousies des appartements du médecin royal.

— Regarde, dit l'un des gardes, un membre de la cour reçoit probablement des soins en ce moment.

— À moins que le malade ne soit le médecin du roi lui-même. Son pas, dernièrement, se faisait de plus en plus lent, et, depuis quelques jours, je ne l'ai plus vu se promener dans les jardins, comme il en a l'habitude.

À l'intérieur, étendu sur son lit, maître Abraham Alfaquin est très faible. Son disciple se trouve à son chevet et lui propose un électuaire de sauge et de racines de mandragore. Le vieux médecin le refuse d'un geste de la main.

— Contre le pouvoir de la mort, aucune plante n'a jamais germé sur la terre. Mon cœur n'a plus beaucoup de force et mes jours sont comptés. Pars chercher Sarah. Je ne veux pas quitter cette terre avant d'avoir revu ma fille unique. Tu la trouveras à l'auberge *Esteban*, dans le quartier marchand, en compagnie du maître Akzar et du médecin français.

Sarah est tirée de son premier sommeil par les claquements secs que font les sabots d'un cheval sous sa fenêtre. Elle se lève, se penche au dehors et, en apercevant la grande silhouette du disciple de son père, qu'elle reconnaît aussitôt, la jeune femme ne peut s'empêcher de prononcer son nom à haute voix :

— Aguirre !

Depuis un an, à chacune de ses visites au sein de l'Alcazar, Sarah s'était souvent surprise à chercher le jeune homme du regard pendant qu'elle conversait avec son père. La première fois qu'elle l'avait aperçu, il arrivait de Cordoue, la cité qui avait vu naître Averroès et Maïmonide, et il était encore vêtu à la mode orientale qui avait cours dans cette ville. Les remèdes qu'il utilisait étaient également ceux en vogue en Orient, tels que l'alcool, l'*aqua ardens*, l'acide sulfurique, les sels d'argent ou d'or. Son savoir, malgré son jeune âge, était immense. Il venait de passer deux années parmi les centaines de milliers de volumes de la bibliothèque de Cordoue que l'on comparaît à celle qui, jadis, avait fait la réputation d'Alexandrie. Très tôt, il avait rejeté certains éléments de l'anatomie de Galien ou d'Aristote qui, en se fondant sur la dissection d'animaux, prétendaient décrire le corps de l'homme.

En arrivant à Séville, Aguirre portait déjà dans son bagage des planches de dessins qu'il avait établies lui-même et qui représentaient l'anatomie du corps humain telle qu'il l'avait étudiée en se rendant aux pieds des gibets des condamnés à mort.

— Si l'on ne connaît pas parfaitement les organes sains, comment reconnaîtra-t-on la maladie ? avait-il demandé à Abraham Alfaquin qui s'était penché sur ses dessins.

Dès cet instant, le vieux médecin du roi avait été séduit par ce jeune homme au point d'en faire son unique disciple et successeur à la cour d'Alfonso X le Sage. Au début, Sarah avait vu en Aguirre un rival avec lequel elle devrait désormais partager l'affection de son père. Car Abraham Alfaquin considérait déjà son disciple comme son propre fils. Mais, peu à peu, Aguirre avait pris chaque jour une place plus grande dans la vie de Sarah. Le vieil Abraham Alfaquin lui-même avait fini par remarquer l'intérêt que portait sa fille à son disciple.

— À qui viens-tu rendre visite ici, lui demandait-il parfois, à ton père ou à son jeune élève ?

Ce soir, la jeune femme a tout de suite remarqué la gravité du visage d'Aguirre. Ce dernier lui demande de le suivre :

— Ton père est au plus mal, il te réclame auprès de lui.

Moins d'une heure plus tard, le jeune homme franchit les portes de l'Alcazar et accompagne Sarah au chevet du médecin de la famille royale. Puis il les laisse seuls tous les deux.

— Père, demande la jeune femme en s'agenouillant près du lit du vieil homme, veux-tu que je fasse entrer Aguirre pour qu'il te prodigue ses soins ?

— Je te remercie, Sarah, mais malgré son immense savoir, il ne peut plus rien pour moi. Mon cœur est usé, ses battements se font plus faibles chaque jour, et, à moins de le remplacer dans ma poitrine, je quitterai ce monde dans peu de temps. Mais il ne sert à rien de se lamenter : mon esprit est encore vif et je peux sans peine m'entretenir avec toi. Parlons donc de tes études. Depuis que les grandes bibliothèques ont ouvert leurs portes et que les copistes et les traducteurs nous dévoilent les secrets des Anciens, notre art s'enrichit tous les jours de savoirs oubliés. La médecine est désormais en possession d'un principe et d'une méthode grâce auxquels de nombreux progrès s'accomplissent. Je te connais suffisamment pour savoir que tu ne resteras pas étrangère à ces avancées.

Sarah ne peut répondre tout de suite. Par-delà les mots que vient de prononcer le vieil Abraham Alfaquin, elle a entendu un discours qu'elle attendait secrètement depuis des années. « Je sais bien que tu es médecin, est en train de lui dire son père, et je te reconnais comme tel. Je ne te dirai pas qu'il est temps de te marier, d'avoir des enfants. Non, tu connais toi aussi l'art de soigner, et c'est de notre profession que nous devons parler ensemble. »

– C'est exact, père, finit par dire Sarah, et tout comme Hippocrate qui était déjà convaincu que seuls ceux ayant été instruits des anciennes découvertes pourraient faire progresser l'art que nous exerçons, je m'appuie sur les ouvrages écrits il y a plus de mille ans par Soranos d'Éphèse pour étudier les maladies des femmes et l'art de mettre leurs enfants au monde. Car les femmes ne doivent plus être tenues à l'écart des progrès de la médecine. Écrasées par le poids de la pudeur et de la morale, elles n'osent montrer leur corps aux médecins ou, lorsqu'elles se résignent à le faire, il est souvent trop tard pour les guérir. Même les ventrières se gardent d'observer avec insistance les parties génitales des femmes en couches, de peur que celles-ci ne contractent leur corps au lieu de le détendre.

— S'il est vrai que les maladies et les épidémies touchent indifféremment les hommes et les femmes, reconnaît Abraham Alfaquin, il est aussi vrai que ce sont le plus souvent des hommes qui m'ont m'appelé à leur chevet. Les femmes redoutent que ne se pose sur elle le regard de l'homme derrière l'œil du médecin. Hérodote déjà rappelait que la reine Atossa attendit l'ultime moment pour montrer son sein malade à Démocédès, le médecin de la cour.

— Une fois la pudeur vaincue, il restera aussi à se débarrasser de la superstition et des faux savoirs accumulés pendant des siècles. Lorsque je tente de traiter certains cas par le régime, la chirurgie ou la médication, je me heurte encore aux pratiques anciennes qui prétendent que le premier lait maternel, épais et caséeux, est un poison pour l'enfant qui vient de naître, que l'usage d'un instrument en fer pour couper le cordon ombilical apportera le malheur, ou bien qu'il est préférable de lier solidement le bras gauche du nourrisson afin de s'assurer que celui-ci soit droitier. On dit même qu'il est bon de plonger le nouveau-né dans un bain de vin froid mêlé de saumure et d'urine fraîche.

— L'art médical n'est pas aisé. Souviens-toi que le grand Maïmonide lui-même avait besoin d'implorer Dieu de lui accorder la force et la patience de soigner les malades ignorants, entêtés et grossiers. Mais puisque nous parlons des progrès dans l'art de soigner, qu'as-tu à m'apprendre sur ce jeune Roscelin Chelderay dont la réputation a, en quelques jours à peine, franchi les murailles de l'Alcazar ? Le roi lui-même est venu me demander si je connaissais cette mystérieuse poudre qu'il a ramenée du royaume de France et qui paraît-il fait des miracles.

– Je ne sais encore que peu de choses sur ce jeune homme. Bien souvent il semble se jouer de la médecine, mais il guérit toutefois ses patients efficacement. Il a su découvrir un nouvel art que je lui demanderai de m'enseigner, car il peut s'avérer utile pour soigner les femmes qui attendent un enfant et ne supportent pas les remèdes traditionnels. Pour l'instant, nous nous contentons de conduire ensemble l'enquête sur le mal qui touche les riches marchands de notre ville.

– Ah oui, j'avais oublié cette étrange contagion. À quelles conclusions êtes-vous arrivés tous les trois ?

– Nous avons déjà appris qu'il ne s'agissait en rien d'une épidémie, mais plutôt d'une série d'assassinats.

– Et comment le meurtrier s'y prend-il pour donner la mort ? Se sert-il de la maladie comme d'une arme ?

– Nous l'ignorons encore, mais il semble que l'assassin blesse tout d'abord ses victimes aux épaules et au dos avant de souiller leurs plaies ; nul cependant ne l'a encore vu pénétrer ou ressortir des demeures dans lesquelles il a commis ses crimes.

– Et qui serait l'auteur de tels actes ?

– D'après ce que nous savons, il s'agit à n'en pas douter d'un homme possédant de très grandes connaissances médicales.

– Comment cela est-il possible ? demande le père à sa fille. Comment un homme qui a étudié la médecine peut-il tuer au lieu de soigner ?

– L'enquête que nous menons avec le maître Akzar devrait bientôt répondre à cette question.

– Si cet homme est médecin, j'ai probablement entendu parler de lui. Je connais Séville depuis bien longtemps maintenant, ainsi que tous ceux qui exercent notre art dans ses murs. Que sais-tu d'autre le concernant ?

– Nous ignorons encore tout de lui, sauf qu'il n'était encore qu'un enfant il y a quinze années.

Après cette dernière réponse, le vieux médecin réfléchit longuement puis, d'un geste, il prie sa fille de le laisser seul.

## 27

Le jour suivant, Harmad Ibn Akzar, accompagné de Sarah et de Roscelin, se dirige à pied vers les bâtiments des douanes portuaires. Depuis qu'ils ont quitté leur auberge, deux hommes sont sur leurs pas. De constitution solide, ils sont vêtus de noir et dissimulent une partie de leur visage en rabattant sur leur front les larges bords de leur chapeau. Aucun des médecins n'a cependant remarqué leur présence. Tous trois, alors qu'ils arrivent à la hauteur des murs de la Torre del Oro, ont le regard attiré par les trois voiles blanches et triangulaires d'un immense boutre oriental de plus de cinquante coudées de long, en train de procéder aux manœuvres d'accostage. Avant même que le bateau n'ait touché terre, de nombreuses barques à fond plat, qui assurent habituellement la navette d'une rive à l'autre du Guadalquivir, font cercle autour de la coque de l'embarcation, composée de planches lisses attachées entre elles par des fibres de coco imbibées d'huile végétale. Une foule en liesse, venue fêter l'arrivée des navigateurs et difficilement contenue par des soldats de la garde royale, se presse déjà sur le quai.

Les trois enquêteurs s'arrêtent eux aussi pour observer, sur le pont du bateau, un groupe d'une dizaine d'individus protégés par une haie formée d'hommes d'équipage. Tous sont vêtus de longues robes de soie rouge tandis que leur tête est couverte d'une étoffe jaune laissant dépasser des cheveux noirs et raides. Le plus âgé de ces hommes, qui se tient un pas en avant des autres, porte une fine moustache dont chacune des extrémités retombe bien en dessous de son menton. Une fois la passerelle descendue, Roscelin, qui s'était frayé un passage dans la foule pour s'approcher au plus près du navire, revient vers Sarah et son maître :

– Il s'agit d'une ambassade chinoise, ces hommes apportent des présents destinés au roi et à sa cour.

– N'oublions pas pour autant notre enquête, répond Harmad Ibn Akzar en s'éloignant déjà du quai. Les heures nous sont comptées si nous voulons sauver de la mort les deux derniers marchands.

Quelques instants plus tard, tous trois franchissent les portes du bâtiment des douanes. Après s'être présentés, ils se font indiquer la salle des archives et pénètrent dans une vaste pièce, très faiblement éclairée par d'étroites fenêtres élevées, où de grandes bibliothèques recouvrent les murs, laissant apparaître de riches marqueteries. Un vieil homme au teint pâle les accueille aussitôt :

— Ainsi, vous êtes des enquêteurs au service du roi. Que puis-je faire pour vous ?

— Nous voudrions consulter, lui répond le maître Akzar, les registres de douanes et le livre de bord d'une nef marchande partie pour l'Orient au printemps de l'an 1250.

— Si ma mémoire est bonne, répond le vieil homme, il y a quelques semaines de cela quelqu'un est venu faire la même recherche. Et je crois me souvenir qu'il a trouvé ce qu'il voulait dans des ouvrages situés sur cette rangée.

S'éloignant de quelques pas, l'employé gravit à pas lents les marches d'un escabeau, se saisit tout d'abord d'un gros livre puis d'un second, qu'il trouve quelques rayons plus loin.

— Voici sans doute ce que vous êtes venus chercher, dit-il en tendant les deux volumes à Harmad Ibn Akzar. Il s'agit des registres douaniers mentionnant les taxes payées pour chacune des marchandises quittant le port de Séville. L'autre ouvrage est le livre de bord d'une nef partie pour Saint-Jean-d'Acre le 16 mai 1250.

Les livres en main, les trois médecins s'installent sur une table de la salle des archives.

— Les noms des victimes que nous recherchions se trouvent bien sur la liste des passagers, dit le maître Akzar. Et voilà, juste en face de leur signature, la mention de la somme dont ils se sont acquittés pour embarquer. Seuls huit des passagers de cette nef ont dû verser plus de cinquante dinars d'argent, ce qui prouve qu'ils ont fait acheminer à bord de très nombreuses caisses de marchandises et probablement aussi des chevaux.

— Six de ces hommes sont morts ces dernières semaines, intervient Roscelin. Voici donc les noms des deux marchands qui sont toujours en vie aujourd'hui : Miguel Abalquinto et Bayardo Orzarin.

— En vie pour combien de temps encore ? s'interroge Sarah. Quelqu'un est déjà venu avant nous consulter ces registres et il a très certainement pris note de ces mêmes noms. Nul doute qu'il s'agit de notre assassin. Il ne tardera pas à faire subir à ces deux hommes le sort qu'il a déjà réservé aux six autres.

— Recherchons-les donc au plus vite, dit Harmad Ibn Akzar. Et, aussitôt identifiés, ne les perdons pas un seul instant de vue. Si nous les surveillons de près, il ne sera pas aisé pour notre homme de les approcher. Mais, avant de quitter ce lieu, il nous reste encore à trouver un dernier nom : celui de l'enfant ayant embarqué jadis sur ce navire et qui est aujourd'hui notre principal suspect.

— Voici celui que nous recherchons, dit Sarah en pointant le doigt sur une ligne du livre qu'elle vient de poser devant elle, c'est le seul enfant mentionné sur le registre de bord. Il s'appelle Galeo Rodrigo, fils de Sebastian Rodrigo, tisserand, voyageant avec son jeune frère Felipe, tous deux morts des suites de fièvres qu'ils ont contractées durant le voyage.

# 28

Le même jour, les trois enquêteurs arpentent en tout sens l'Alcaiceria de la Seda, le quartier commerçant de Séville. Dès qu'ils se trouvent devant les portes d'une échoppe, ils demandent à son propriétaire s'il connaît les noms de Miguel Abalquinto et de Bayardo Orzarin. Un forgeron, après leur avoir fait répéter la question, secoue lentement la tête de droite à gauche pour toute réponse. Plus loin, la femme d'un drapier interroge d'abord ses ouvrières puis répond par une simple moue suivie d'un haussement d'épaules. Après plusieurs tentatives infructueuses, le maître Akzar, Sarah et Roscelin voient le visage d'un vieux tanneur s'incliner de haut en bas.

– Miguel Abalquinto, répond celui-ci, ce nom me dit quelque chose. Voyons... Oui, c'est cela, cet homme possède la plus riche des boutiques de soieries qui se trouve à l'entrée de la Plaza San Francisco.

Les trois enquêteurs se dirigent vers l'endroit indiqué sans remarquer les deux hommes, dans leur cape noire, qui les suivent toujours à bonne distance depuis le lever du jour. Peu après, ils arrivent à la hauteur d'une grande boutique de soieries. Sarah et Roscelin y pénètrent, feignant de ne s'intéresser qu'aux étoffes qui y sont exposées. L'un après l'autre, ils prennent dans leurs mains, pour en apprécier la qualité, les riches tissus provenant pour la plupart d'Orient.

Dehors, Harmad Ibn Akzar observe la façade de la haute maison attenante à l'échoppe, richement ornée de colonnettes et parée de reliefs en céramique.

« Voilà sûrement, à côté de sa boutique, la demeure de notre homme », se dit le maître de médecine.

À vingt pas de là, les deux hommes en noir, dissimulés sous un porche, ne perdent rien des allées et venues des trois enquêteurs. De leur position, ils observent Sarah et Roscelin qui se saisissent des soieries et sont les premiers à apercevoir une charrette, chargée de caisses de bois, qui s'approche de la boutique après avoir traversé la Plaza San Francisco.

— Une livraison pour Miguel Abalquinto ! crie le conducteur de l'attelage en tirant sur les rênes de ses chevaux.

Peu après, un homme sort de l'échoppe. Bien en chair, il porte des chausses rouges, une cape de lin bordée d'un liseré noir et, attachées à la ceinture, une bourse de cuir décoré ainsi qu'une dague dont le manche est incrusté de pierres précieuses. D'une voix autoritaire, il donne ses ordres aux vendeurs qui achèvent d'installer les marchandises sur les étals situés devant la boutique.

– C'est lui, dit tout bas Roscelin à Sarah. Il semble en bonne santé, nous ne sommes pas arrivés trop tard.

– Ne le quittons pas des yeux, répond la jeune femme.

Pendant ce temps, Miguel Abalquinto, après avoir fait décharger les caisses, les ouvre une à une. Il procède lui-même au compte des étoffes qu'elles contiennent avant d'ordonner à ses boutiquiers de les acheminer à l'intérieur. Alors que le riche marchand achève d'ouvrir la dernière de ces caisses, il découvre, par-dessus les étoffes qu'elle contient, un parchemin roulé. Il s'en saisit, le décachette, s'éloigne de quelques pas et le déchiffre d'un trait. Aussitôt après, sa poitrine se gonfle et se dégonfle à un rythme de plus en plus soutenu. Sa main se referme tout d'abord sur le manche de sa dague puis, s'étant assuré que personne autour de lui ne le menace, il range son arme et s'essuie le visage à l'aide d'un tissu de soie avant de s'éloigner à l'intérieur de la cité.

Les trois médecins se précipitent aussitôt sur ses pas, eux-mêmes suivis un peu plus loin par les deux hommes qui quittent le porche où ils se dissimulaient.

Miguel Abalquinto, ignorant qu'il a cinq personnes à ses trousses, se dirige à pas vifs vers la Plaza Virgen de los Reyes. Comme il s'engage dans une ruelle déserte, les individus vêtus de noir, après s'être brièvement concertés, accélèrent leur pas pour se retrouver sur les talons des trois enquêteurs. Au moment précis où Miguel Abalquinto tourne au coin de la rue en direction de la cathédrale Santa Maria la Mayor, les deux hommes détachent leur cape et se jettent sur Roscelin. Harmad Ibn Akzar, pour venir en aide à son disciple, se saisit de l'un d'eux par le cou et le repousse violemment. Sarah, qui n'a pas le temps de l'éviter, est projetée sur le sol. La jeune femme, pour amortir sa chute, se blesse aux deux mains mais se relève immédiatement. Ses plaies ne sont que superficielles.

– Ne t'occupe pas de nous ! lui crie le maître Akzar. Continue de suivre le marchand, il te conduira sûrement à…

Ce dernier n'a pas le temps d'achever sa phrase : alors que Sarah s'éloigne, son assaillant, qui vient tout juste de se relever, se précipite de nouveau sur lui. Un violent corps à corps s'engage. Pendant ce temps, Roscelin est déjà maîtrisé par son agresseur. Un seul coup, porté à la tête, suffit à lui faire perdre connaissance. Les deux hommes en noir sont maintenant en position de force. Le Français étendu à terre, ils viennent aisément à bout d'Harmad Ibn Akzar, qu'ils assomment également avant de prendre la fuite et de disparaître dans la ville.

Bien plus tard, le maître de médecine est le premier à reprendre connaissance. Lentement, il porte la main à son crâne et se rapproche en rampant du corps de Roscelin dont les cheveux blonds sont couverts de sang. Après s'être assuré que son élève est encore en vie, il le secoue violemment jusqu'à ce qu'il reprenne à son tour ses esprits. Puis, découvrant que la bourse du jeune homme est toujours présente à sa ceinture, il écarte les pans de son propre habit pour constater que rien ne lui a été dérobé non plus.

— Nous avions tort de croire qu'une seule personne s'en prenait aux marchands sévillans, dit Harmad Ibn Akzar. Notre coupable a des complices et ce sont sûrement eux qui nous ont agressés. Sans doute avaient-ils pour mission de nous empêcher de découvrir la vérité alors que nous suivions les pas de celui qui serait la septième victime.

Tout en s'aidant mutuellement à se relever, les deux hommes, du plat de la main, tapent leurs habits pour en ôter la poussière. Roscelin, ouvrant sa besace, plonge la main à l'intérieur et se met soudain à rire aux éclats.

— Détrompez-vous maître, lui répond-il, je suis convaincu que les deux individus qui nous ont attaqué n'ont absolument rien à voir avec les assassinats sur lesquels nous enquêtons. Nos agresseurs étaient sur nos traces dans un seul but : me dérober ce qu'ils pensent être de la poudre des rois. La rumeur, après avoir fait le tour des malades, a fini par arriver aux oreilles des brigands.

Tout en parlant, Roscelin montre à son interlocuteur sa besace, dans laquelle manquent uniquement les petits sachets de cuir renfermant sa préparation.

— Dès aujourd'hui, continue-t-il, ils essaieront sans doute de négocier à prix d'or la vente de cette poudre. Ils ignorent simplement qu'elle est composée de quelques fèves et de piments écrasés.

— Et qui sait, répond Harmad Ibn Akzar, si l'histoire que tu as inventée à propos de ce remède, après être arrivée aux oreilles des brigands, n'est pas déjà parvenue à celles des plus grands monarques d'Orient et d'Occident. Sans doute même s'en trouvera-t-il un, dans les prochains jours, pour verser à ces hommes le prix qu'ils demanderont, afin d'être le seul au monde à posséder de la poudre des rois. Mais ne parlons plus de cela ; nous avons perdu la trace de Sarah. Ses blessures aux mains m'ont semblé sans gravité et je pense qu'elle a pu continuer à suivre Miguel Abalquinto. Pourra-t-elle empêcher son assassinat ?

*Tout le jour, tandis que je ramassais, sur la route de Ribat el-Fath, des herbes médicinales, Adzirk, mon compagnon de route, était songeur. Notre prochaine arrivée en ville l'incite sans doute à la mélancolie. Sa plume, qui court au crépuscule sur ses parchemins pour noter ses poèmes, ne rédigera bientôt plus que des lignes de comptes, des lettres de change ou des testaments. Ce soir, près d'un feu qui le réchauffe, je devine, d'après le mouvement de son bras, le plaisir qu'il éprouve à former ses lettres, ses courbes, ses spirales, ses pleins et ses déliés. Quant à moi, penché sur mon écritoire, je sais que je dois achever d'écrire ces pages avant d'arriver en ville. Pour cela, je peux compter sur ma mémoire. Habituée à me tourmenter depuis plus de dix ans, elle ne me fera pas défaut. Aujourd'hui, comme hier, je me souviens de chacun des instants qui ont fait de moi un assassin. Depuis que je m'étais établi à Séville, six hommes étaient morts. Il en restait deux. Le premier se nommait Miguel Abalquinto. Le parchemin que j'avais glissé dans ses caisses de soierie l'avait effrayé au plus haut point. Beaucoup de ses anciens compagnons de voyage venaient de périr, et il sentait la menace, tel un oiseau de proie, planer au-dessus de lui. Son pas était devenu hésitant mais il n'a pas été long à tomber dans le piège que je lui avais tendu. Lorsqu'il est apparu devant moi, j'ai su aussitôt qu'il allait mourir. Nul n'a été témoin de notre rencontre. Et mon bras, une fois encore, a été ferme. Quand je l'ai quitté, il vivait encore. Puis il est revenu chez lui, se méfiant de tous, veillant à tenir sa porte close et verrouillant les serrures de sa propre chambre. Tout cela fut pourtant inutile. La mort était déjà entrée au cœur de sa demeure et il l'a retenue prisonnière malgré lui. Comme les autres, il a pensé pouvoir lui échapper jusqu'au bout. C'est alors qu'un bras s'est levé derrière lui et que le mal est entré profondément dans son corps. Je n'aurai jamais croisé son dernier regard. Il n'aura jamais su qui j'étais ni pourquoi j'avais agi.*

# 29

Loin devant elle, Sarah, tout en serrant un morceau de tissu autour de ses doigts meurtris, aperçoit la silhouette du marchand de soieries. Elle pense qu'elle pourrait courir à l'Alcazar pour demander de l'aide aux serviteurs de son père, ou bien faire appel à Aguirre, mais elle n'en a pas le temps ; déjà l'homme s'éloigne d'elle. Elle n'a d'autre choix que de le suivre. À cet instant, elle n'éprouve aucune crainte. Elle agit comme elle le ferait devant un patient que la maladie menace d'emporter à tout instant. « La seule différence, pense-t-elle, c'est que j'ignore quel visage prendra le mal qui s'abattra sur Miguel Abalquinto. S'agira-t-il d'une agression, d'un poison, d'autre chose encore ? La seule manière de le savoir, c'est de ne pas le perdre de vue. »

Sarah presse le pas. Un groupe d'enfants chamailleurs qui vient de surgir devant elle l'oblige à s'arrêter alors qu'Abalquinto passe l'angle de la rue des potiers. En un instant, la jeune femme est de nouveau sur ses pas, mais la foule dense qui se presse de part et d'autre des échoppes, en se mêlant aux ânes des paysans, se trouve maintenant entre elle et le marchand de soieries. Sarah, qui vient de perdre celui-ci du regard, se fraye un passage dans la ruelle. Le cou tendu, elle aperçoit la cape blanche et les chausses rouges de l'homme qu'elle surveille disparaître en direction de la place des tanneurs. Tout en dégageant son bras retenu par un vendeur de figues et de raisins, elle se met à courir et sort enfin de la rue des potiers.

La place des tanneurs, inondée du soleil que renvoient les façades chaulées de ses demeures, éblouit la jeune femme. Une main sur son front et plissant les yeux, elle s'engage dans une ruelle où elle devine l'ombre du marchand se fondre dans un attroupement qui se forme autour d'un conteur de légendes. Elle s'y presse à son tour et se retrouve au cœur d'une marée humaine dans laquelle elle progresse difficilement. Parmi ces hommes, serrés les uns contre les autres, elle reconnaît les traits de Miguel Abalquinto. Elle est si proche de lui qu'elle perçoit même son souffle. Elle se détourne, feint un instant de s'intéresser au récit du conteur et laisse s'éloigner le riche marchand. Elle le suit un instant du regard et note qu'à aucun moment il ne se retourne. « Il ne m'a pas remarquée », pense alors la jeune femme qui le laisse prendre un peu d'avance avant de continuer sa surveillance.

Abalquinto, qui se déplace comme une ombre, se dirige maintenant vers la cathédrale Santa Maria la Mayor. Mais une fois sur le parvis, hésitant à entrer dans l'édifice, il s'arrête. Il demeure un long moment immobile, l'esprit occupé par ses pensées. À quelques pas de lui seulement, Sarah l'observe. Puis, lentement, pour ne pas attirer son attention, elle détourne le regard vers l'imposant édifice qui se dresse devant elle. L'histoire tourmentée de la ville dans laquelle elle a grandi est tout entière contenue dans celle de ces pierres.

Lorsqu'elle n'était qu'une enfant et que Séville, alors sous domination maure, était la capitale d'Al-Andalus, elle se souvient de la foule des fidèles musulmans qui se rendaient dans ce qui était encore la plus grande mosquée du pays. À cette époque, lorsqu'elle levait les yeux vers l'immense minaret et remarquait qu'il était couronné d'une coupole elle-même surmontée de quatre grosses boules dorées, son père lui rappelait qu'il avait été le témoin, dans sa jeunesse, de sa construction. Puis vint ce matin d'automne où les armées du roi catholique Fernando III furent annoncées aux portes de la ville. Tandis qu'elle jouait dans la rue avec des enfants de son âge, Abraham Alfaquin l'avait prise dans ses bras avant de l'emmener chez eux, verrouillant portes et fenêtres, pour observer, par la fente d'une jalousie, les cohortes d'hommes en armes brandissant des lances, des étendards et des croix, entrer dans la ville dans un bruit de tonnerre.

Fernando III fut victorieux et le souverain maure chassé. Au lendemain de la prise de Séville, la mosquée fut affectée au culte catholique. Les prières qui s'élevaient alors dans cet ancien lieu sacré de l'islam provenaient maintenant d'autres fidèles, qui s'adressaient différemment, et avec d'autres mots, à un dieu qu'ils nommaient d'un autre nom. Aujourd'hui, en regardant ces hommes et ces femmes pénétrer au cœur d'une cathédrale qu'elle ne connaît que de l'extérieur, Sarah repense aux paroles que son maître a prononcées sur la colline de Séville : « Quel que soit le nom que vous donnez à Dieu, ce nom sera toujours le plus beau. »

Au même instant, Miguel Abalquinto se dirige vers les portes de Santa Maria la Mayor. Aussitôt après lui, Sarah pénètre à son tour dans l'édifice. Mais ses yeux, qui il y a un instant à peine étaient éblouis de lumière, tardent à s'habituer à l'obscurité. Lorsqu'elle commence enfin à distinguer les contours des piliers rectangulaires s'élevant vers des arcades de marbre rose, il est déjà trop tard : elle vient de perdre l'homme qu'elle devait surveiller. Elle passe d'un pas nerveux d'une nef à une autre, se retourne, observe chacune des silhouettes de fidèles et de prêtres qu'elle croise, s'engage dans une allée bordée de colonnes blanches, faiblement éclairée par un ruban de lumière jaune dans laquelle s'élèvent les volutes d'une fumée d'encens, elle s'avance sous des coupoles et des chapiteaux sculptés d'entrelacs, mais en vain. Le marchand de soieries a disparu.

Elle presse encore le pas, se dirige maintenant vers une nef latérale plongée dans l'obscurité, où résonnent les échos d'un chant venu du chœur, longe des murs de brique rouge, puis d'autres de pierre blanche et de marbre sculpté avant de s'engager dans une salle couverte de panneaux de bois revêtus de céramiques vertes, où elle reconnaît enfin les chausses rouges et la cape de lin du marchand de soieries, agenouillé sur des dalles de marbre. En se dissimulant derrière une colonne, Sarah entend Miguel Abalquinto prier à voix basse. Elle ne le quitte plus des yeux. Moins d'une heure plus tard, l'homme se relève lentement et se dirige vers les portes de la cathédrale. La jeune femme, qui se tient à bonne distance de lui mais sans jamais le perdre du regard, le voit revenir vers son échoppe. Peu après, il s'arrête devant la porte attenante à celle-ci, qui conduit vers ses appartements privés. Tandis que l'homme écarte un pan de sa cape pour extraire un trousseau de clefs de l'une de ses poches, Sarah aperçoit une sorte de poussière se détacher de ses vêtements pour retomber à ses pieds.

Aussitôt Abalquinto rentré chez lui, la jeune femme s'approche du pas de sa porte. Posant un genou à terre, elle avance sa main et ramasse la poudre qu'elle a vue s'échapper des habits du marchand. La faisant glisser entre ses doigts, elle remarque son aspect légèrement granuleux et s'interroge sur sa composition. Sans doute de la terre ramassée par les habits du marchand dans la cathédrale où il venait de s'agenouiller. Se frottant les mains l'une contre l'autre, elle se relève. À cet instant, elle aperçoit son maître de médecine en compagnie de Roscelin.

— As-tu pu suivre notre homme ? lui demande aussitôt Harmad Ibn Akzar.

— Oui, je ne l'ai perdu qu'un instant, mais lorsque je l'ai retrouvé, agenouillé en prière, personne ne semblait l'avoir agressé. Ensuite, il est rentré directement chez lui et n'en est pas ressorti.

— Très bien, dit le maître de médecine, puisque nous sommes là avec Roscelin, nous allons continuer à monter la garde devant chez lui. Si tu le désires, tu peux aller te reposer à l'auberge.

# 30

Toute la nuit, le maître Akzar et Roscelin ont surveillé les entrées de la maison de Miguel Abalquinto. Aux premières heures du jour, tous deux sont certains que personne n'est entré ou sorti du domicile du marchand. La garde se poursuit dans la journée lorsque, peu après midi, étonnés de ne pas avoir vu le marchand descendre dans son échoppe, Harmad Ibn Akzar se décide à frapper à sa porte. Peu après, le visage d'une vieille servante apparaît dans le judas qui s'ouvre derrière une grille en fer forgé.

— Peut-on voir Miguel Abalquinto ? demande le maître de médecine.

— Non, je regrette, répond la vieille femme. Mon maître est souffrant et il gardera le lit sûrement tout le jour. De plus, il m'a ordonné depuis hier de n'ouvrir à personne.

— De quoi souffre-t-il ? demande à son tour Roscelin.

— Je ne saurais vous le dire, il a de la fièvre et son visage s'est peu à peu couvert de plaques rouges.

— Ouvrez-nous ! l'exhorte le maître Akzar. Nous sommes médecins et sans doute n'est-il pas trop tard pour le soigner.

Mais la servante refuse d'enfreindre les ordres qu'elle a reçus. Malgré l'insistance des deux hommes, la porte reste close.

— Dites-nous au moins, demande Roscelin, si ses épaules sont meurtries ?

— Ses épaules ? répond la vieille femme. Je n'ai rien remarqué quand je suis entrée dans sa chambre.

— Allez vérifier, continue le jeune Français. Ensuite, nous vous laisserons tranquille.

Sans répondre, la servante repousse la fenêtre du judas sans la fermer tout à fait. Peu de temps après, son visage reparaît dans l'embrasure. Elle est devenue très pâle et les mots se bousculent dans sa bouche :

— Il est… trop tard… Mon maître Miguel Abalquinto… vient… tout juste de mourir ! balbutie-t-elle avant de s'apprêter à refermer définitivement sa porte.

Roscelin l'interpelle une dernière fois :

— Vous n'avez pas répondu à ma question.

— Oui, dit celle-ci avant de disparaître, les épaules et le dos de mon maître étaient couverts de blessures entourées chacune d'un petit bourrelet de graisse.

Les deux médecins s'éloignent de la maison du marchand et reprennent la direction de leur auberge.

— Mais de quelle manière, demande Roscelin, le meurtrier s'y prend-il pour pénétrer chaque fois dans la maison de sa victime avant de l'assassiner sans que personne ne remarque sa présence ? Notre homme, qui était sur ses gardes, a pourtant veillé à tenir sa porte fermée à tout étranger. De plus, une fois encore, nous n'avons vu personne entrer ni sortir de sa demeure.

— Nous éclaircirons bientôt ce mystère, lui répond le maître Akzar. Allons rejoindre Sarah et trouvons ensemble la manière de sauver Bayardo Orzarin, le dernier des huit marchands, d'une mort qui semble maintenant inévitable.

En arrivant à l'auberge, les deux hommes frappent à la porte de la jeune femme mais n'obtiennent aucune réponse. Pénétrant alors dans sa chambre, ils trouvent Sarah étendue sur son lit. Son souffle est faible et son corps, brillant de sueur, présente de petites taches rouges. Harmad Ibn Akzar pose sa main sur son front et contrôle son pouls. Puis, en se retournant vers Roscelin, il lui dit :

— Sarah est en proie à une forte fièvre, je vais la soigner. Toi, pendant ce temps, va à l'Alcazar prévenir Abraham Alfaquin que sa fille vient de tomber gravement malade.

## 31

En pénétrant dans la cour du palais de l'Alcazar, Roscelin demande à parler immédiatement au médecin du roi.

– C'est impossible, lui répond un serviteur, maître Abraham Alfaquin est très faible et il ne peut recevoir personne.

– Dites-lui que j'apporte des nouvelles de sa fille.

– Patientez un instant.

Peu après, Roscelin voit venir vers lui Aguirre qui lui demande :

– Qu'est-il arrivé à Sarah ?

– Elle est alitée, et sa température est élevée.

– Où est-elle ?

– Elle se trouve toujours à l'auberge *Esteban*.

Le disciple d'Abraham Alfaquin se précipite alors vers les écuries et en ressort sur un cheval qui semble aussi nerveux que lui-même avant de disparaître au galop vers le cœur de la cité.

Sans même frapper à la porte, Aguirre pénètre dans la chambre de Sarah. Il n'a pas un regard pour Harmad Ibn Akzar qui se trouve à son chevet et examine par lui-même les symptômes de la jeune femme. Comme il s'apprête à lui dénuder les épaules pour observer en détail cette partie de son corps, son geste est interrompu par le maître de médecine qui lui dit :

– C'est inutile. La peau sur ses épaules et sur son dos n'est nullement meurtrie. Elle n'a pas été la victime du meurtrier que nous recherchons. En revanche le mal est entré par là.

Ce disant, Harmad Ibn Akzar se saisit des mains de la jeune femme et montre à Aguirre les plaies infectées sur ses doigts, délimitées par un léger épaississement de la peau.

Le jeune homme se redresse et affirme d'un ton autoritaire :

– Il s'agit à n'en pas douter du feu Saint-Sylvestre. Je dois conduire Sarah dans mes appartements de l'Alcazar au plus vite.

– Pourquoi cela ? répond le maître Akzar. Nous pouvons tout aussi bien la soigner ici.

– Non, vous devez me laisser faire, je connais bien cette maladie et je pense pouvoir venir à bout de ces fièvres-là.

– Comment se fait-il, Aguirre, que tu sois si sûr de toi ? Cette affection n'est pourtant pas si fréquente.

– Je n'ai pas le temps de vous l'expliquer. Faites-moi confiance et laissez-moi emmener la fille de mon maître pour la soigner.

Harmad Ibn Akzar passe alors longuement sa main dans sa barbe puis finit par répondre :

– Soit ! J'ai confiance en toi. Je sais que tu feras tout pour venir à bout de ce mal.

Au sein de la salle de médecine de l'Alcazar, Sarah Alfaquin, brûlante de fièvre, est étendue sur un lit. Son corps est entièrement dénudé. Sur sa peau, ambrée par la proche lueur de la chandelle, apparaissent de petites taches. Aguirre est avec elle. Il se penche sur son corps, désinfecte chacune de ses plaies avec des cautères, puis applique des onguents sur ses membres luisant de sueur. Parfois les muscles de la jeune femme se raidissent. Elle gémit. De ses lèvres tremblantes s'échappe une respiration courte et haletante. Ses doigts, telles les serres d'un oiseau épuisé se cramponnant à une branche, se referment sur le bras d'Aguirre qui tente de l'apaiser. Il ne cesse de lui parler pour la tenir éveillée, éponge son front et, d'un geste sûr, calme chacun des tressaillements de ses jambes. D'une main, il contrôle son pouls puis lui relève la tête afin de lui faire boire un électuaire qu'il vient de préparer.

Toute la nuit, le médecin est resté au chevet de Sarah, surveillant sa respiration et frictionnant chacun de ses membres devenus froids avant de les envelopper dans des cataplasmes chauds.

Avec les premières lueurs du jour, la jeune femme s'éveille lentement. Ses membres sont lourds et elle a du mal à se mouvoir. Lorsqu'elle parvient à entrouvrir les yeux, elle aperçoit le regard d'Aguirre posé sur elle.

— Tu vas guérir, lui dit-il simplement.

Ses joues, encore creusées par la maladie, s'animent d'un léger mouvement.

— Que m'est-il arrivé ? demande-t-elle d'une voix faible en portant les mains à son visage.

— Tu as contracté le feu Saint-Sylvestre, mais ce mal, que j'ai pu soigner à temps, a déjà quitté ton corps. Après plusieurs jours de repos, ta peau retrouvera son apparence normale.

— Et Miguel Abalquinto, l'homme que je suivais avant de tomber malade, qu'est-il advenu de lui ?

— Lui aussi a contracté cette infection, mais il n'y a pas survécu. Il est donc la septième victime de cette maladie.

— Aguirre, dit la jeune femme après un long silence, je connais toute la vérité.

— Que veux-tu dire ?

— Tu le sais très bien, et tu sais aussi que tu n'as rien à craindre de moi.

Comme Aguirre regarde Sarah sans rien dire, celle-ci continue.

— J'aurais préféré apprendre ton histoire de ta propre bouche mais puisque tu te tais, je vais te dire ce que je sais : mon maître de médecine Harmad Ibn Akzar, son disciple Roscelin Chelderay et moi-même avons appris qu'il y a quinze années, une nef marchande est partie pour Saint-Jean-d'Acre avec à son bord un tisserand du nom de Sebastian Rodrigo, accompagné de son frère Felipe et de son fils Galeo. Seul l'enfant est arrivé en vie en Orient. Son père et son oncle ont été assassinés par huit marchands dont sept déjà sont morts du feu Saint-Sylvestre. Voilà ce qu'ont appris ceux qui enquêtent sur ce mal. Sache que je suis retournée seule dans la salle des archives des douanes portuaires. J'ai demandé à consulter le registre des voyageurs arrivés d'Orient depuis un an et j'ai découvert que ton nom, suivi de ta profession de médecin, apparaissait sur la liste des passagers d'une nef partie de Saint-Jean-d'Acre le 23 avril dernier. Tu ne venais donc pas de Cordoue, comme tu le prétendais en arrivant à Séville, Aguirre.

Le jeune homme persiste à garder le silence, et Sarah lui demande :

– Ou devrais-je plutôt t'appeler par ton véritable nom de Galeo, que tu as préféré cacher en débarquant en Espagne, pour ne pas éveiller les soupçons ?

– Je m'appelle bien Galeo, et ce que tu as dit est vrai, finit-il par répondre. Mais mon histoire est plus compliquée que cela. Mon père Sebastian n'a jamais eu de frère. Le passager qui a voyagé sous le nom de Felipe Rodrigo était ma mère, qui avait dû se faire passer pour un homme afin de pouvoir embarquer avec nous. Il est vrai aussi que j'ai quitté Saint-Jean-d'Acre pour assouvir un désir de vengeance que jamais je n'avais réussi à étouffer. Toutefois, en débarquant à Séville, j'ai d'abord voulu exercer ma profession de médecin. J'ai très vite gagné la confiance de ton père, qui cherchait alors quelqu'un pour lui succéder auprès du roi. Il m'a fait l'honneur de me choisir comme unique disciple. À partir de ce jour, tout est devenu plus difficile. Je persistais à vouloir me venger des huit marchands sévillans, mais je ne voulais pas trahir la confiance d'Abraham Alfaquin en devenant un assassin. C'est à ce moment que l'un des marchands dont j'avais retrouvé la trace contracta le feu Saint-Sylvestre et y succomba. Quelques jours plus tard, un deuxième de ces huit hommes périt à son tour de la même maladie. Au lendemain de la mort du troisième marchand, mon maître Abraham Alfaquin, qui ne se doutait de rien, m'envoya en personne enquêter sur cette épidémie. Aujourd'hui, toutefois, je ne connais toujours pas l'identité ni les motivations de l'assassin. Je crois seulement savoir que celui-ci est médecin, comme nous deux.

# 32

En s'éveillant le matin du 21 septembre 1265, Bayardo Orzarin écarte les rideaux jaune et bleu de son lit à baldaquin, puis il enfile ses chausses, ses grandes bottes de cuir noir, boutonne une chemise de lin que sa servante a déposé la veille au soir dans sa chambre et ouvre sa fenêtre. À travers le feuillage des palmiers, que soulève de temps à autre une brise venue de l'ouest, il aperçoit les reflets azurés du revêtement de la Torre del Oro. Un peu plus loin, il entrevoit des gréements triangulaires et carrés qui apparaissent au gré des méandres du fleuve. En devinant les hommes d'équipage à cheval sur les vergues, il se rappelle l'époque où il descendait lui aussi le Guadalquivir sur des embarcations semblables pour gagner les villes orientales.

Tandis que la rumeur de Séville monte lentement jusqu'à lui, il lève les yeux vers le ciel et son regard se perd dans le vide. L'homme est préoccupé. La veille, il a appris la mort de son ami Miguel Abalquinto, avec lequel il s'était autrefois embarqué pour Saint-Jean-d'Acre. « C'est la septième victime de ce mal, se dit-il. Comment cette maudite fièvre a-t-elle pu nous contaminer, quinze années après que nous y avons été exposés sur cette nef marchande ? Mon or a toujours été un bouclier qui m'a protégé de tout, mais contre les griffes de la maladie, les richesses ne servent à rien. À moins qu'il ne s'agisse d'une malédiction ? Oui, c'est sans doute cela, ce sont les deux frères que nous avons autrefois jetés à la mer qui reviennent se venger. »

Bayardo Orzarin se dirige vers un grand miroir incrusté de pierres précieuses et observe attentivement l'image qui s'y reflète. Il y voit un homme aux cheveux longs et grisonnants, aux rides profondément creusées et qui semble dévoré par la peur. Tournant lentement sa tête de droite à gauche, puis de gauche à droite, il tente de déceler sur son visage le moindre signe de maladie. Puis il s'emporte à voix haute contre sa propre anxiété :

— Allons, les esprits n'existent pas, rien ni personne ne pourra m'atteindre si je reste sur mes gardes !

Il quitte sa chambre, descend les escaliers de sa demeure et pousse, au rez-de-chaussée, une porte qui s'ouvre sur une boutique abritant les plus belles pièces d'orfèvrerie orientale de la ville. Comme il traverse son échoppe pour se rendre dans la rue, sans même saluer les clients ni ses propres employés, il est interpellé par l'un de ces derniers :

— Un inconnu est passé dès l'ouverture et a remis cela pour vous.

Bayardo Orzarin se saisit du parchemin que lui tend son employé et découvre le texte suivant :

*Sept sont déjà morts, tu seras le huitième.*
*Lorsque le jour s'achèvera,*
*le mal que nous portions en nous*
*coulera dans ton sang.*
*S'il est vain de vouloir sauver ton corps,*
*sans doute peux tu laver les crimes*
*qui souillent encore ton âme.*

Le marchand se précipite dans la rue. Une fois à l'extérieur, il demeure un moment immobile, ne sachant où aller, attendant simplement que les battements de son cœur se calment dans sa poitrine.

*Demain, pour la première fois, nous serons en vue des murailles de Ribat el-Fath, la ville aux cinq portes. Demain sera aussi le jour où j'achèverai de rédiger ces lettres avant de me rendre sur le port et de les remettre au pilote d'une nef qui remontera vers le nord pour rallier Séville. Ces pages contiennent un épisode de ma vie qui n'a duré que peu de temps mais qui me poursuivra jusqu'à la mort. Seul celui qui les lira me connaîtra véritablement. Tout au long de mon existence, les hommes que j'ai soignés m'ont pris pour un être bon et juste. C'est parce qu'ils ignorent ce que j'ai fait à Séville durant l'année 1265. Certes, je n'avais d'autre choix que de donner la mort. Mais trouver une justification à mes crimes ne les effacera jamais de ma mémoire.*

*Je me souviens qu'il n'en restait qu'un, il avait pour nom Bayardo Orzarin. Après lui, ma tâche s'achèverait. Je ne l'ai vu qu'un instant ce jour-là mais je connais chacun des faits et gestes qu'il a accomplis en s'éloignant de moi. Aucun ne m'a échappé. Après s'être rendu en ville et m'avoir ren-*

*contré, il s'est dirigé directement vers le quartier où il habite. En pénétrant dans sa demeure, il a réuni ses gens de maison et leur a demandé de ne laisser entrer aucun étranger, sous quelque prétexte que ce soit. S'adressant à l'une de ses servantes, il lui a très certainement dit qu'il serait inutile de lui porter un repas, car il ne mangerait rien ce soir-là. Puis il lui a ordonné de veiller seulement à ce que nul ne vienne le déranger. En refermant la porte de sa chambre, il a dû prendre soin d'en verrouiller la serrure. Il a poussé les montants de sa fenêtre qui était restée entrebâillée et a vérifié plusieurs fois qu'elle était bien close. Il a sans doute aussi inspecté ses hautes armoires, pour s'assurer que personne ne s'y dissimulait puis, un genou à terre, a jeté un regard sous son lit. « Comment la maladie pourrait-elle m'atteindre, s'est-il sûrement demandé, si je reste seul et ne sors pas d'ici ? Aucun mal ne viendra me contaminer dans cette chambre et nul n'entrera non plus pour m'assassiner. » Il se trompait pourtant. Dès cet instant, l'arme l'a frappé à plusieurs reprises.*

## 33

Lorsqu'il s'éveille, le lendemain matin, Bayardo Orzarin tente avec peine de se lever. Son corps le fait souffrir. Il a froid. Il doit se vêtir pour conserver sa chaleur, mais alors qu'il se saisit de sa chemise, il s'aperçoit que ses membres sont agités de légers tremblements. En s'habillant, il découvre aussi que sa peau est couverte de petites taches rouges. La fièvre qui le gagne le contraint à demander de l'aide à sa servante. Mais sa voix est trop faible pour qu'elle puisse être entendue. Il rassemble ses forces, se dirige vers la porte de sa chambre, tourne la clef dans la serrure, prend une profonde inspiration et demande une nouvelle fois que l'on vienne à son secours :

– Faites demander les meilleurs médecins de la ville ! crie-t-il juste avant de s'effondrer sur le sol.

Peu de temps après, Bayardo Orzarin, les yeux clos, sent des mains se saisir de son corps et l'étendre sur son lit. Sa chemise lui est ôtée et deux bras puissants relèvent son dos. Il entend ensuite les voix de deux hommes qui conversent entre eux :

– Regarde, Roscelin, une nouvelle fois, le mal est entré par des blessures sur les épaules.

– Et sans doute arrivons-nous encore trop tard.

Avec peine, le malade tente d'ouvrir les yeux. Il aperçoit, penché sur lui, un homme de grande taille, à la peau mate et portant une longue barbe, qui lui murmure à l'oreille :

– Je suis le maître Harmad Ibn Akzar, je vais tenter de vous soulager.

Après avoir nettoyé chacune de ses blessures, le médecin approche de ses lèvres un verre dans lequel il a dilué une préparation à base de racines de mandragore et de rue sauvage. Lorsqu'il en a bu quelques gorgées, Bayardo Orzarin sent les douleurs de sa peau s'atténuer. Son corps lui semble moins pesant et ses yeux se referment doucement.

À partir de ce moment, il ne parvient plus à distinguer les rêves qui peuplent son esprit de la réalité. Il a seulement la force d'entendre un chuchotement lointain qui ne lui est pas adressé :

– Le remède que je lui ai fait boire apaisera ses douleurs, mais je doute qu'il ôte le mal de son corps.

Un frisson secoue le malade. Les plus lointaines images de son enfance viennent peu à peu se mêler à ses souvenirs les plus récents tandis qu'une nuit épaisse descend sur lui. Un dernier tremblement secoue ses bras. Un goût amer envahit sa bouche et une impression de vide le saisit tout entier. Il s'abîme maintenant dans un puits sombre, se débat dans des eaux noires et froides. Puis plus rien.

– Nous ne pouvions rien faire, dit Harmad Ibn Akzar en couvrant le corps sans vie de Bayardo Orzarin d'un grand drap blanc. Au moins le remède que je lui ai donné a-t-il calmé sa souffrance.

Après un court instant de silence, durant lequel les deux médecins se recueillent devant le corps du défunt, le jeune Français qui vient d'apercevoir un objet sur le sol se baisse et s'apprête à s'en saisir. Le maître de médecine n'a que le temps d'arrêter son geste.

– N'y touche pas ! lui crie-t-il. Regarde cette matière : c'est probablement celle qui a infecté le corps de la victime. Si ta peau présente la moindre égratignure, le mal entrera dans ton sang. Et ces lamelles aiguisées qui se trouvent au bout de chacun des liens de cuir, ce sont sans doute elles qui ont meurtri la chair et pris la vie de Bayardo Orzarin. Voilà très certainement l'arme qui a servi à tuer ces huit hommes, et que l'assassin a abandonnée ici après avoir commis son dernier crime. Mais n'oublie pas que nous sommes médecins et qu'il ne nous appartient plus désormais de poursuivre ni d'arrêter un meurtrier qui ne menace plus personne.

– Il ne sera pas nécessaire de rechercher le coupable de ces meurtres.

L'homme qui parle ainsi vient d'apparaître dans l'embrasure de la porte.

– Qui êtes-vous ? lui demande aussitôt Roscelin.

– Qu'importe mon nom, puisque je m'accuse aujourd'hui du meurtre de l'homme étendu sur ce lit, ainsi que de celui de sept autres marchands sévillans. Vous pouvez faire venir des soldats, car le temps est venu pour moi de me livrer.

– Nous n'avons nul besoin d'une escorte armée, répond Harmad Ibn Akzar en dévisageant l'inconnu avec attention. Puisque vous vous êtes constitué prisonnier, nous vous accompagnerons jusqu'à la forteresse de l'Alcazar pour que vous puissiez bientôt comparaître devant la justice du roi.

# 34

Après avoir franchi les portes du palais royal, Harmad Ibn Akzar et Roscelin se présentent aux soldats de la garde et leur confient leur prisonnier. Aussitôt après, Roscelin demande à être conduit auprès de Sarah Alfaquin. Quelques instants plus tard, il pénètre dans les appartements du médecin du roi, où la jeune femme est étendue dans un grand lit.

– Je viens t'apprendre, lui dit-il en entrant dans la pièce, que notre enquête est désormais terminée.

– Comment cela ? Qui était donc le coupable de ces meurtres ?

– Un homme s'est livré à nous aujourd'hui, dont nous ignorons tout. Sans doute préfère-t-il réserver ses aveux à la justice. Mais parlons plutôt de toi. Je suis heureux de te savoir guérie.

– Oui, les remèdes employés par le disciple de mon père sont venus à bout de mon mal.

– Tu parles de la médication mais tu n'as pas un mot pour le médecin à qui tu dois plus encore que la guérison.

— Que veux-tu dire ?

— Eh bien, si Hérophile a depuis fort longtemps établi le siège de la pensée et des sentiments dans le cerveau de l'homme, Aristote, qui situait ce siège dans son cœur, n'avait selon moi pas entièrement tort. Car les agissements des hommes proviennent soit d'une pensée mûrement réfléchie, née dans le cerveau, soit d'un mouvement spontané du cœur. Et toi, lorsque que tu parles du disciple de ton père, il me semble que ce sont les pensées situées dans ton cœur qui s'expriment pour la première fois.

— Je crois que tu vois clair en moi, Roscelin. Il y a peu de temps encore, je n'avais vu dans les hommes qui m'entouraient, qu'ils soient précepteurs, médecins ou encore simples patients, que des êtres qui me permettraient d'atteindre l'unique but que je m'étais fixé étant enfant : devenir médecin.

— Et ce but, je devine que tu l'as poursuivi non pour toi-même, mais pour ne pas décevoir un autre homme : ton père.

— En naissant, je l'ai privé pour toujours de la seule femme qu'il ait jamais aimée et, de plus, je n'étais pas le fils qu'il avait toujours désiré pour lui succéder à la cour. Il est vrai que j'ai longtemps vécu pour prouver à mon père que je valais bien ce fils qu'il n'aurait jamais. Mais, à mon tour, j'ai une question à te poser : d'où te vient cet art de faire parler les hommes et les femmes et de lire dans leurs âmes comme dans un livre ouvert ?

— À dire vrai, je l'ignore. Mais j'ai connu à l'université de Paris un dénommé Thomas d'Aquin, prêcheur de l'Ordre de saint Dominique, qui, lorsqu'il parlait des opérations corporelles, remarquait que la faculté d'engendrer débordait le corps propre en produisant ses effets dans un autre puisque, selon ses mots, aucun être ne pouvait s'engendrer lui-même. Ce qui est vrai pour la reproduction l'est aussi pour la guérison des âmes, car si aucun être ne peut s'engendrer lui-même, personne ne peut non plus se connaître lui-même, et son âme, comme la semence de l'homme, doit aussi déborder son corps propre pour se libérer dans une autre âme qui sera à son écoute. Certains corps montrent plus de disposition que d'autres pour les choses de l'amour ; je crois que certains esprits sont, pareillement, plus disposés à susciter et à recueillir la confession d'autres esprits.

— Et, nous l'avons constaté, Dieu t'a pourvu de ce don-là.

— Sans doute davantage, il est vrai, que de celui de m'accoutumer à la vue du sang et à manipuler les viscères, car je préfère entrer au plus profond du corps humain par la parole plutôt que par l'incision. Mais nous n'aurons plus le loisir de parler de cela ensemble car je quitte Séville dès aujourd'hui. Ma visite n'avait d'autre but que de te saluer avant mon départ.

— Pourquoi partir si vite ?

— Il y a deux jours, je suis venu au sein de l'Alcazar pour m'enquérir de ta santé. Après avoir parlé avec le disciple de ton père qui m'a informé de ton état, j'ai croisé fortuitement, dans les jardins du palais, l'interprète qui accompagne l'ambassade chinoise et je me suis longuement entretenu avec lui. J'ai appris à cette occasion que dans la vallée fertile du fleuve Jaune, sur les côtes septentrionales de la mer de Chine, des médecins soignent depuis des siècles leurs patients à l'aide de minuscules aiguilles de métal qu'ils enfoncent dans le corps de ces derniers.

— Mais quel but cette pratique poursuit-elle exactement ?

— Elle vise, d'après ce que j'ai entendu, à contrôler les énergies du corps, car là-bas les médecins sont convaincus que la maladie ne provient pas, ainsi que nous l'ont enseigné les Anciens, d'un déséquilibre entre le sang, le flegme, la bile jaune et la bile noire, mais d'une anomalie survenue dans le trajet du flux vital qui circule en chacun de nous. Et je confesse que cette manière de faire me séduit bien davantage que la pratique des saignées qui a cours en Occident. J'ai donc pris, dès le soir qui a suivi cet entretien, la décision de m'embarquer sur le boutre qui ramènera les Chinois chez eux afin d'apprendre cet art de guérir. Le bateau lèvera l'ancre à midi. Dans une heure, je descendrai donc le Guadalquivir pour rejoindre l'autre bout de la Terre.

Après avoir prononcé ces mots, Roscelin s'agenouille près de Sarah, puis il ouvre le sac qu'il porte en bandoulière avant de se saisir d'un petit sachet de cuir qu'il tend à la jeune femme :

– Voilà un peu de ma poudre des rois. Conserve-la en souvenir de moi et souviens-toi qu'elle a un pouvoir plus étendu que bien d'autres remèdes. Elle seule m'a prouvé que les douleurs ne sont souvent qu'illusion et que, bien des fois, ce que nous appelons notre souffrance et notre malheur ne sont grands que dans notre imaginaire.

## 35

Au sein de la salle de garde de l'Alcazar, un soldat achève de refermer de lourds bracelets de fer, reliés entre eux par une chaîne, autour des poignets et des chevilles de leur prisonnier. Ensuite, les pieds nus, l'homme est conduit à l'extérieur du bâtiment où il est attendu par deux cavaliers en armes. La pression d'une pointe de lance dans son dos l'incite à avancer. D'un pas lent, entravé par ses chaînes, le visage grave et résigné, le prisonnier se dirige vers l'une des portes du palais royal et prend la direction, sur le chemin des arsenaux, des geôles de la cité. Peu après il franchit, toujours sous bonne escorte, les portes d'un édifice dominé par quatre tours couronnées de merlons qui reposent sur un soubassement de pierres sèches.

À l'intérieur de la bâtisse, les soldats confient leur prisonnier à un geôlier qui, sans prononcer un seul mot, se saisit de ses chaînes et s'engage aussitôt dans un corridor étroit, avant de descendre un escalier qui s'achève devant d'épaisses grilles de fer forgé. Grâce à la faible lueur de quelques torches enfoncées dans les murs, l'homme distingue le cachot qui lui est destiné. C'est une grande pièce où sont déjà enchaînés, à bonne distance les uns des autres, une dizaine de prisonniers. La voûte de pierre, depuis longtemps charbonnée par les flammes, ne s'élève que très peu au-dessus du sol recouvert de paille éparse où quelques rats, que nul ne prend la peine de chasser, achèvent les maigres restes d'une écuelle restée à terre. Une fois la grille ouverte, un second gardien détache l'une des chaînes du poignet de son prisonnier avant de la sertir autour d'un anneau fixé dans le mur.

Tous les gardes sont maintenant partis et le cachot est plongé dans une semi-obscurité. L'homme, dont la chaîne lui permet tout juste de s'asseoir à terre, tente alors de s'endormir. Mais quelques heures plus tard, il est réveillé par deux nouveaux soldats qui, après s'être assurés de son identité, l'entraînent avec eux hors du cachot. Sans aucune explication, le prisonnier est poussé vers une porte qui s'ouvre sur une salle où il reconnaît aussitôt de nombreux appareils de torture.

— Il sera inutile de me forcer à avouer mes crimes, dit-il à ses gardes, car je n'ai nulle intention de cacher la vérité. Je me déclare le seul coupable des huit meurtres commis à Séville sur les personnes de riches marchands.

Sans prendre la peine de répondre, l'un des soldats pousse le prisonnier vers une enclume posée au sol, avant de se saisir d'un marteau et d'un poinçon en fer et de briser chacun des fermoirs des anneaux qui entourent ses chevilles. Une fois l'opération terminée, le soldat repose ses outils et fait signe au prisonnier, encore enchaîné par les poignets, de se relever.

— Suivez-nous ! ordonne-t-il simplement avec un geste brusque.

Quittant la salle de torture, tous trois empruntent un nouvel itinéraire jusqu'à une petite porte qui s'ouvre sur l'extérieur. Les soldats s'éloignent vers la rive du Guadalquivir et s'engagent à bord d'une gabarre qui les attend contre le quai. En mettant le pied sur la simple planche qui sert de passerelle, le prisonnier s'adresse une fois encore à ses gardes :

— Sachez que j'accepte ma condamnation, et que je me soumettrai à mon châtiment, quel qu'il soit, mais pourrais-je connaître le lieu où vous me conduisez ?

— Silence ! Vous le saurez bien assez tôt, répond l'un des deux hommes en armes.

Après avoir pris place dans l'embarcation, il s'adresse ensuite au pilote :

— Descendez le fleuve sur deux lieues, puis attendez nos ordres.

## 36

Abraham Alfaquin, étendu sur son lit, vit ses dernières heures. À son chevet se trouve sa fille. Le vieux médecin vient de lui demander de faire venir son disciple à ses côtés. Comme celui-ci pénètre dans la pièce, le vieil homme s'adresse à lui d'une voix faible :

– Je te salue, Aguirre, ou plutôt devrais-je dire Galeo, puisque Sarah m'a appris que c'était là ton véritable nom.

Désignant d'un index tremblant la pâle lueur qui apparaît derrière les jalousies de ses fenêtres, il continue à parler au jeune médecin :

– Ce jour qui se lève à peine sera pour moi le dernier. Je t'ai souvent dit que je reconnaissais le pas de la mort lorsqu'elle s'approchait de mes patients, eh bien, à présent, je devine déjà sa main posée sur ma poitrine. Pour finir, le roi, à ma demande, a fait rédiger par son secrétaire un document qui te désigne, à l'heure de ma mort, comme son nouveau médecin.

– Je saurai me montrer digne de cet honneur, répond simplement Galeo.

D'un geste de la main, le vieil homme demande à sa fille et à son disciple de s'approcher davantage de lui. Une dernière fois, il s'adresse à eux :

– Le roi est venu me trouver hier soir. Nous nous sommes longuement entretenus du cas de ce prisonnier, responsable de huit meurtres. Nous nous sommes alors demandé si cet homme devait être condamné pour ce crime auquel il ne pouvait véritablement se soustraire. Tard dans la nuit, le roi, après avoir longuement interrogé sa conscience, a pris la décision de lui accorder sa grâce avant même qu'il ne soit jugé et l'a fait libérer aussitôt. À l'heure qu'il est, le prisonnier a déjà secrètement quitté Séville sur une nef de la marine royale avec l'ordre de ne jamais y reparaître.

– Qui était-il, et quelles étaient ses motivations ? demande Sarah à son père.

– Tout ceci n'a plus d'importance maintenant, et il est temps de vous tourner vers demain. Un grand avenir de médecin s'ouvre devant vous deux. Je vous ai transmis, pour ma part, tout le savoir qui était le mien. À présent, en guise de testament, je ne peux que vous recommander à Dieu et souhaiter, suivant les propres termes de la prière médicale de Maïmonide : « Qu'Il remplisse votre âme d'amour pour l'art et pour toutes les créatures et qu'Il fasse que votre esprit reste clair, car grande et sublime est la science qui a pour objet de conserver la santé et la vie. Qu'Il n'admette pas que la soif du gain ou la recherche de la gloire vous influencent dans l'exercice de votre art, car les ennemis de la vérité et de l'amour des hommes pourraient facilement vous abuser et vous éloigner du noble devoir de faire du bien à Ses enfants. Qu'Il soutienne aussi la force de votre cœur pour qu'il soit toujours prêt à servir le pauvre et le riche, l'ami et l'ennemi, le bon et le mauvais. Qu'Il fasse encore que vous soyez modérés en tout, mais insatiables dans votre amour de la science, et qu'Il éloigne de vous l'idée que vous pouvez tout. Qu'Il vous donne enfin la force et la volonté d'élargir vos connaissances, afin que vous puissiez aujourd'hui découvrir dans votre savoir des choses que vous ne soupçonniez pas hier. Car l'esprit de l'homme pénètre toujours plus avant. »

Ce furent là les dernières paroles d'Abraham Alfaquin. À cet instant, Galeo Rodrigo devenait le médecin du roi Alfonso X le Sage.

*Notre dernier campement s'établit sur les collines qui dominent la cité de Ribat el-Fath. Ce soir, j'achèverai la rédaction de ce carnet. Demain matin, ces pages ne m'appartiendront plus. Une fois que l'on te les aura remises, tu les détruiras aussitôt après les avoir lues, car nul autre que toi ne doit jamais en prendre connaissance. Toi seul sauras donc comment ces hommes ont péri.*

*Tous étaient très pratiquants et, effrayés par la lettre que je leur avais fait parvenir, je savais qu'ils ne seraient pas longs à se rendre au sein de la cathédrale Santa Maria la Mayor, qui était alors le seul édifice chrétien de la ville. Après en avoir franchi les portes, ils ont cherché du regard quelqu'un à qui s'adresser et, au même instant, ils ont aperçu un homme dans des habits de prêtre qui s'est approché d'eux. Tous ignoraient que j'étais posté là à dessein et que je les attendais. Inquiets pour le salut de leurs âmes, ils se sont aussitôt ouverts à moi, avouant leurs péchés et implorant le ciel de leur accorder son pardon. Se sentant menacés et devinant la mort rôder autour d'eux, ils étaient disposés au jeûne, à la confession, aux prières, à l'achat d'indulgences, à la célébration de messes ou même au pèlerinage si celui-ci pouvait absoudre l'offense qu'ils avaient faite à Dieu. « Vous avez autrefois commis un crime, leur ai-je dit, et, au regard du Seigneur, seule une juste pénitence, faite dans la chair même du pécheur, peut expier les fautes les plus graves. Il vous suffit pour cela de demander le pardon de votre péché en faisant couler votre propre sang. Et puisque votre repentir semble sincère, je vous fais don d'un objet de pénitence, conservé dans de la terre ramassée sur les collines de Jérusalem, et qui aura le pouvoir de rémission sur vos crimes. Utilisez-le au plus tôt. N'attendez surtout pas qu'il soit trop tard. » À cet instant, je leur ai remis un fouet que j'avais tout spécialement confectionné pour eux. Ce qui s'est passé par la suite est facile à imaginer. Une fois chez eux, seuls dans leur chambre, mes victimes se sont agenouillées, ont joint leurs mains à hauteur de leur visage et ont récité à mi-voix une longue prière. Ils se sont alors emparés du fouet. Sans doute l'ont-ils observé et se sont-ils aperçus que chacun de ses liens de cuir se terminait par une fine lamelle d'argent, dissimulée sous une pâte épaisse où ils ont distingué des taches bleues et vertes. Puis ils ont tendu lentement leur bras devant eux, ont baissé la tête en avant et, d'un geste vif, ont fouetté violemment leur dos. Les lames d'argent ont aussitôt entaillé la surface de leur peau en leur arrachant assurément une grimace de douleur. Deux fois, trois fois, dix fois ils ont recommencé ce même geste, fouettant tour à tour l'épaule droite et gauche. Après chacun de leurs coups, les traits de leur visage se sont certainement convulsés et de leurs dents serrées a dû s'échapper un gémissement sourd. Très vite, leur dos s'est couvert de sang et la poudre infectée a pénétré à l'intérieur de chacune de leurs blessures. Lorsque la pénitence qu'ils venaient de s'infliger leur a semblé suffisante, ils se sont relevés, ont laissé tomber le fouet sur le sol et se sont couchés à plat ventre sur leur lit. Peu après, pensant avoir sauvé leur âme, ils ont dû s'endormir, épuisés par la douleur, avant que le mal ne les emporte.*

*Mais à présent que mes propres crimes sont avoués, je dois encore t'exposer les raisons qui m'ont conduit à devenir un assassin. Tu étais bien jeune lorsque tes parents sont morts, et sans doute ne te souviens-tu pas avec précision de ce jour où, quelques instants avant de disparaître, ta mère m'a demandé de lui jurer de veiller sur toi et de te protéger. J'ai prononcé mon serment devant une mourante et en prenant Dieu à témoin. À partir de cet instant, j'étais lié par cet engagement solennel et, tout au long de mon existence, j'ai tenu ma promesse, prenant soin de toi comme l'aurait fait ton propre père. Lorsque, devenu un homme, tu as voulu quitter Saint-Jean-d'Acre pour l'Andalousie, j'ai tout de suite compris que tu partais te venger des huit marchands sévillans. Toutefois, si tu te rendais coupable de ces crimes, tu ne tarderais pas à être condamné à mort par une cour de justice. Ainsi, en te laissant accomplir ta vengeance et courir à ta perte, je violais le serment fait à ta mère de te protéger. Moi, qui te connaissais mieux que personne au monde, j'ai tout de suite su qu'il serait vain de te faire renoncer à ton départ. La seule solution qui s'est présentée à moi, pour honorer mon engagement, était donc de m'embarquer moi aussi pour Séville et de commettre ces crimes à ta place afin de t'éviter une condamnation. Ainsi, je violais sans doute la loi, mais en te préservant, je respectais aussi mon serment. Aujourd'hui, toi Galeo Rodrigo, médecin de la cour royale, tu es en vie et j'ai respecté ma promesse. C'est là l'unique consolation qui me reste. Lorsque tu découvriras ces lignes, dans tes appartements de l'Alcazar, je serai loin, cheminant sur les routes du Sud, laissant derrière moi les vents noyer dans la poussière les traces de mes derniers campements, attendant seulement que la mort vienne me prendre.*

*Avant d'achever ces lignes, je ne peux m'empêcher de noter par écrit cette question qui me tourmente depuis des années, bien que je sache déjà que je n'en connaîtrai jamais la réponse : l'aurais-tu fait, Galeo ? Aurais-tu assassiné ces huit hommes de ta main ? Ta haine était grande, mais ta foi dans ta profession de médecin l'était sans doute davantage pour que tu renonces, en dernier lieu, à commettre ces crimes.*

# Épilogue

Tout le jour, un vent froid, chargé d'une pluie fine, était venu fouetter les murailles de l'Alcazar. La nuit était déjà tombée lorsqu'un homme, se présentant comme le pilote d'une nef marchande partie il y a six jours du port de Ribat el-Fath, demanda à rencontrer le médecin de la cour. Peu après, il lui remit un carnet avant de prendre congé de lui. Galeo Rodrigo, quand il eut pris connaissance de son contenu, s'approcha à pas lents de la cheminée, il déchira les feuilles qu'il tenait entre ses mains et les jeta dans le feu. Pendant qu'il regardait les flammes s'élever, il murmura, comme s'il s'adressait à une ombre :

— Dieu a rempli mon âme d'amour pour la médecine et pour toutes les créatures. Non, père Van Neesroy, je l'ai longtemps souhaité, mais jamais je n'aurais pu tuer ces hommes. Vous avez agi pour me sauver, mais sans doute vous êtes-vous damné pour rien.

## DU MÊME AUTEUR

*Aux Éditions Liana Levi*

AUDIMAT CIRCUS, 2007.

MANUSCRIT ms 408 VOYNICH, 2005, Piccolo n° 54, et Éditions Feryane, livres en gros caractères, 2006.

LA POUDRE DES ROIS, 2004, Folio Policier n° 501, et Éditions Feryane, livres en gros caractères, 2005.

VENISE.NET, 2003, Piccolo n° 31, et Éditions Feryane, livres en gros caractères, 2004.

*Aux Éditions Équinoxe*

LA PROVENCE DE SISTERON À PORQUEROLLES, avec D. Maugenest, S. Bouisson, J.-B. Bertolani, 2003.

LA PROVENCE DU VENTOUX À LA CAMARGUE, avec D. Maugenest, C. Lhermey, J.-B. Bertolani, 2003.

*Aux Éditions Gabriandre*

BAB EL BAHAR, 2003.

# COLLECTION FOLIO POLICIER

*Dernières parutions*

| | |
|---|---|
| 126. Yasmina Khadra | *Morituri* |
| 127. Jean-Bernard Pouy | *Spinoza encule Hegel* |
| 128. Patrick Raynal | *Nice 42ᵉ rue* |
| 129. Jean-Jacques Reboux | *Le massacre des innocents* |
| 130. Robin Cook | *Les mois d'avril sont meurtriers* |
| 131. Didier Daeninckx | *Play-back* |
| 133. Pierre Magnan | *Les secrets de Laviolette* |
| 135. Bernhard Schlink/ Walter Popp | *Brouillard sur Mannheim* |
| 136. Donald Westlake | *Château en Esbroufe* |
| 137. Hervé Jaouen | *Hôpital souterrain* |
| 138. Raymond Chandler | *La dame du lac* |
| 139. David Goodis | *L'allumette facile* |
| 140. Georges Simenon | *Le testament Donadieu* |
| 142. Boileau-Narcejac | *La main passe* |
| 143. Robert Littell | *Ombres rouges* |
| 144. Ray Ring | *Arizona kiss* |
| 145. Gérard Delteil | *Balles de charité* |
| 146. Robert L. Pike | *Tout le monde au bain* |
| 147. Rolo Diez | *L'effet tequila* |
| 148. Yasmina Khadra | *Double blanc* |
| 149. Jean-Bernard Pouy | *À sec !* |
| 150. Jean-Jacques Reboux | *Poste mortem* |
| 151. Pascale Fonteneau | *Confidences sur l'escalier* |
| 152. Patrick Raynal | *La clef de seize* |
| 153. A.D.G. | *Pour venger pépère* |
| 154. James Crumley | *Les serpents de la frontière* |
| 155. Ian Rankin | *Le carnet noir* |
| 156. Louis C. Thomas | *Une femme de trop* |
| 157. Robert Littell | *Les enfants d'Abraham* |
| 158. Georges Simenon | *Faubourg* |
| 159. Georges Simenon | *Les trois crimes de mes amis* |
| 160. Georges Simenon | *Le rapport du gendarme* |

| | | |
|---|---|---|
| 161. | Stéphanie Benson | *Une chauve-souris dans le grenier* |
| 162. | Pierre Siniac | *Reflets changeants sur mare de sang* |
| 163. | Nick Tosches | *La religion des ratés* |
| 164. | Frédéric H. Fajardie | *Après la pluie* |
| 165. | Matti Y. Joensuu | *Harjunpää et le fils du policier* |
| 166. | Yasmina Khadra | *L'automne des chimères* |
| 167. | Georges Simenon | *La Marie du Port* |
| 168. | Jean-Jacques Reboux | *Fondu au noir* |
| 169. | Dashiell Hammett | *Le sac de Couffignal* |
| 170. | Sébastien Japrisot | *Adieu l'ami* |
| 171. | A.D.G. | *Notre frère qui êtes odieux...* |
| 172. | William Hjortsberg | *Nevermore* |
| 173. | Gérard Delteil | *Riot gun* |
| 174. | Craig Holden | *Route pour l'enfer* |
| 175. | Nick Tosches | *Trinités* |
| 176. | Frederic H. Fajardie | *Clause de style* |
| 177. | Alain Page | *Tchao pantin* |
| 178. | Harry Crews | *La foire aux serpents* |
| 179. | Stéphanie Benson | *Un singe sur le dos* |
| 180. | Lawrence Block | *Un danse aux abattoirs* |
| 181. | Georges Simenon | *Les sœurs Lacroix* |
| 182. | Georges Simenon | *Le cheval Blanc* |
| 183. | Albert Simonin | *Touchez pas au grisbi !* |
| 184. | Jean-Bernard Pouy | *Suzanne et les ringards* |
| 185. | Pierre Siniac | *Les monte-en-l'air sont là !* |
| 186. | Robert Stone | *Les guerriers de l'enfer* |
| 187. | Sylvie Granotier | *Sueurs chaudes* |
| 188. | Boileau-Narcejac | *Et mon tout est un homme* |
| 189. | A.D.G. | *On n'est pas des chiens* |
| 190. | Jean Amila | *Le boucher des Hurlus* |
| 191. | Robert Sims Reid | *Cupide* |
| 192. | Max Allan Collins | *La mort est sans remède* |
| 193. | Jean-Bernard Pouy | *Larchmütz 5632* |
| 194. | Jean-Claude Izzo | *Total Khéops* |
| 195. | Jean-Claude Izzo | *Chourmo* |
| 196. | Jean-Claude Izzo | *Solea* |
| 197. | Tom Topor | *L'orchestre des ombres* |
| 198. | Pierre Magnan | *Le tombeau d'Helios* |
| 199. | Thierry Jonquet | *Le secret du rabbin* |
| 200. | Robert Littell | *Le fil rouge* |

| | |
|---|---|
| 201. Georges Simenon | *L'aîné des Ferchaux* |
| 202. Patrick Raynal | *Le marionnettiste* |
| 203. Didier Daeninckx | *La repentie* |
| 205. Charles Williams | *Le pigeon* |
| 206. Francisco González Ledesma | *Les rues de Barcelone* |
| 207. Boileau-Narcejac | *Les louves* |
| 208. Charles Williams | *Aux urnes, les ploucs !* |
| 209. Larry Brown | *Joe* |
| 210. Pierre Pelot | *L'été en pente douce* |
| 211. Georges Simenon | *Il pleut bergère...* |
| 212. Thierry Jonquet | *Moloch* |
| 213. Georges Simenon | *La mauvaise étoile* |
| 214. Philip Lee Williams | *Coup de chaud* |
| 215. Don Winslow | *Cirque à Piccadilly* |
| 216. Boileau-Narcejac | *Manigances* |
| 217. Oppel | *Piraña matador* |
| 218. Yvonne Besson | *Meurtres à l'antique* |
| 219. Michael Dibdin | *Derniers feux* |
| 220. Norman Spinrad | *En direct* |
| 221. Charles Williams | *Avec un élastique* |
| 222. James Crumley | *Le canard siffleur mexicain* |
| 223. Henry Farrell | *Une belle fille comme moi* |
| 224. David Goodis | *Tirez sur le pianiste !* |
| 225. William Irish | *La sirène du Mississippi* |
| 226. William Irish | *La mariée était en noir* |
| 227. José Giovanni | *Le trou* |
| 228. Jerome Charyn | *Kermesse à Manhattan* |
| 229. A.D.G. | *Les trois Badours* |
| 230. Paul Clément | *Je tue à la campagne* |
| 231. Pierre Magnan | *Le parme convient à Laviolette* |
| 232. Max Allan Collins | *La course au sac* |
| 233. Jerry Oster | *Affaires privées* |
| 234. Jean-Bernard Pouy | *Nous avons brûlé une sainte* |
| 235. Georges Simenon | *La veuve Couderc* |
| 236. Peter Loughran | *Londres Express* |
| 237. Ian Fleming | *Les diamants sont éternels* |
| 238. Ian Fleming | *Moonraker* |
| 239. Wilfrid Simon | *La passagère clandestine* |
| 240. Edmond Naughton | *Oh ! collègue* |
| 241. Chris Offutt | *Kentucky Straight* |

242. Ed McBain — *Coup de chaleur*
243. Raymond Chandler — *Le jade du mandarin*
244. David Goodis — *Les pieds dans les nuages*
245. Chester Himes — *Couché dans le pain*
246. Élisabeth Stromme — *Gangraine*
247. Georges Simenon — *Chemin sans issue*
248. Paul Borelli — *L'ombre du chat*
249. Larry Brown — *Sale boulot*
250. Michel Crespy — *Chasseurs de tête*
251. Dashiell Hammett — *Papier tue-mouches*
252. Max Allan Collins — *Mirage de sang*
253. Thierry Chevillard — *The Bad Leitmotiv*
254. Stéphanie Benson — *Le loup dans la lune bleue*
255. Jérome Charyn — *Zyeux-bleus*
256. Jim Thompson — *Le lien conjugal*
257. Jean-Patrick Manchette — *Ô dingos, ô châteaux !*
258. Jim Thompson — *Le démon dans ma peau*
259. Robert Sabbag — *Cocaïne blues*
260. Ian Rankin — *Causes mortelles*
261. Ed McBain — *Nid de poulets*
262. Chantal Pelletier — *Le chant du bouc*
263. Gérard Delteil — *La confiance règne*
264. François Barcelo — *Cadavres*
265. David Goodis — *Cauchemar*
266. John D. MacDonald — *Strip-tilt*
267. Patrick Raynal — *Fenêtre sur femmes*
268. Jim Thompson — *Des cliques et des cloaques*
269. Lawrence Block — *Huit millions de façons de mourir*
270. Joseph Bialot — *Babel-Ville*
271. Charles Williams — *Celle qu'on montre du doigt*
272. Charles Williams — *Mieux vaut courir*
273. Ed McBain — *Branle-bas au 87*
274. Don Tracy — *Neiges d'antan*
275. Michel Embareck — *Dans la seringue*
276. Ian Rankin — *Ainsi saigne-t-il*
277. Bill Pronzini — *Le crime de John Faith*
278. Marc Behm — *La Vierge de Glace*
279. James Eastwood — *La femme à abattre*
280. Georg Klein — *Libidissi*
281. William Irish — *J'ai vu rouge*
282. David Goodis — *Vendredi 13*

| | |
|---|---|
| 283. Chester Himes | *Il pleut des coups durs* |
| 284. Guillaume Nicloux | *Zoocity* |
| 285. Lakhdar Belaïd | *Sérail killers* |
| 286. Caryl Férey | *Haka* |
| 287. Thierry Jonquet | *Le manoir des immortelles* |
| 288. Georges Simenon | *Oncle Charles s'est enfermé* |
| 289. Georges Simenon | *45° à l'ombre* |
| 290. James M. Cain | *Assurance sur la mort* |
| 291. Nicholas Blincoe | *Acid Queen* |
| 292. Robin Cook | *Comment vivent les morts* |
| 293. Ian Rankin | *L'ombre du tueur* |
| 294. François Joly | *Be-bop à Lola* |
| 295. Patrick Raynal | *Arrêt d'urgence* |
| 296. Craig Smith | *Dame qui pique* |
| 297. Bernhard Schlink | *Un hiver à Mannheim* |
| 298. Francisco González Ledesma | *Le dossier Barcelone* |
| 299. Didier Daeninckx | *12, rue Meckert* |
| 300. Dashiell Hammett | *Le grand braquage* |
| 301. Dan Simmons | *Vengeance* |
| 302. Michel Steiner | *Mainmorte* |
| 303. Charles Williams | *Une femme là-dessous* |
| 304. Marvin Albert | *Un démon au paradis* |
| 305. Fredric Brown | *La belle et la bête* |
| 306. Charles Williams | *Calme blanc* |
| 307. Thierry Crifo | *La ballade de Kouski* |
| 308. José Giovanni | *Le deuxième souffle* |
| 309. Jean Amila | *La lune d'Omaha* |
| 310. Kem Nunn | *Surf City* |
| 311. Matti Y. Joensuu | *Harjunpäa et l'homme-oiseau* |
| 312. Charles Williams | *Fantasia chez les ploucs* |
| 313. Larry Beinhart | *Reality show* |
| 315. Michel Steiner | *Petites morts dans un hôpital psychiatrique de campagne* |
| 316. P.J. Wolfson | *À nos amours* |
| 317. Charles Williams | *L'ange du foyer* |
| 318. Pierre Rey | *L'ombre du paradis* |
| 320. Carlene Thompson | *Ne ferme pas les yeux* |
| 321. Georges Simenon | *Les suicidés* |
| 322. Alexandre Dumal | *En deux temps, trois mouvements* |
| 323. Henry Porter | *Une vie d'espion* |

324. Dan Simmons *L'épée de Darwin*
325. Colin Thibert *Noël au balcon*
326. Russel Greenan *La reine d'Amérique*
327. Chuck Palahniuk *Survivant*
328. Jean-Bernard Pouy *Les roubignoles du destin*
329. Otto Friedrich *Le concasseur*
330. François Muratet *Le Pied-Rouge*
331. Ridley Pearson *Meurtres à grande vitesse*
332. Gunnar Staalesen *Le loup dans la bergerie*
333. James Crumley *La contrée finale*
334. Matti Y. Joensuu *Harjunpää et les lois de l'amour*
335. Sophie Loubière *Dernier parking avant la plage*
336. Alessandro Perissinotto *La chanson de Colombano*
337. Christian Roux *Braquages*
338. Gunnar Staalesen *Pour le meilleur et pour le pire*
339. Georges Simenon *Le fils Cardinaud*
340. Tonino Benacquista *Quatre romans noirs*
341. Richard Matheson *Les seins de glace*
342. Daniel Berkowicz *La dernière peut-être*
343. Georges Simenon *Le blanc à lunettes*
344. Graham Hurley *Disparu en mer*
345. Bernard Mathieu *Zé*
346. Ian Rankin *Le jardin des pendus*
347. John Farris *Furie*
348. Carlene Thompson *Depuis que tu es partie*
349. Luna Satie *À la recherche de Rita Kemper*
350. Kem Nunn *La reine de Pomona*
351. Chester Himes *Dare-dare*
352. Joe R. Lansdale *L'arbre à bouteilles*
353. Peppe Ferrandino *Le respect*
354. Davis Grubb *La nuit du chasseur*
355. Georges Simenon *Les Pitard*
356. Donald Goines *L'accro*
357. Colin Bateman *La bicyclette de la violence*
358. Staffan Westerlund *L'institut de recherches*
359. Matilde Asensi *Iacobus*
360. Henry Porter *Nom de code : Axiom Day*
361. Colin Thibert *Royal Cambouis*
362. Gunnar Staalesen *La Belle dormit cent ans*
363. Don Winslow *À contre-courant du Grand Toboggan*

| | | |
|---|---|---|
| 364. | Joe R. Lansdale | *Bad Chili* |
| 365. | Christopher Moore | *Un blues de coyote* |
| 366. | Jo Nesbø | *L'homme chauve-souris* |
| 367. | Jean-Bernard Pouy | *H4Blues* |
| 368. | Arkadi et Gueorgui Vaïner | *L'Évangile du bourreau* |
| 369. | Staffan Westerlund | *Chant pour Jenny* |
| 370. | Chuck Palahniuk | *Choke* |
| 371. | Dan Simmons | *Revanche* |
| 372. | Charles Williams | *La mare aux diams* |
| 373. | Don Winslow | *Au plus bas des Hautes Solitudes* |
| 374. | Lalie Walker | *Pour toutes les fois* |
| 375. | Didier Daeninckx | *La route du Rom* |
| 376. | Yasmina Khadra | *La part du mort* |
| 377. | Boston Teran | *Satan dans le désert* |
| 378. | Giorgio Todde | *L'état des âmes* |
| 379. | Patrick Pécherot | *Tiuraï* |
| 380. | Henri Joseph | *Le paradis des dinosaures* |
| 381. | Jean-Bernard Pouy | *La chasse au tatou dans la pampa argentine* |
| 382. | Jean-Patrick Manchette | *La Princesse du sang* |
| 383. | Dashiell Hammett | *L'introuvable* |
| 384. | Georges Simenon | *Touriste de bananes* |
| 385. | Georges Simenon | *Les noces de Poitiers* |
| 386. | Carlene Thompson | *Présumée coupable* |
| 387. | John Farris | *Terreur* |
| 388. | Manchette-Bastid | *Laissez bronzer les cadavres !* |
| 389. | Graham Hurley | *Coups sur coups* |
| 390. | Thierry Jonquet | *Comedia* |
| 391. | George P. Pelecanos | *Le chien qui vendait des chaussures* |
| 392. | Ian Rankin | *La mort dans l'âme* |
| 393. | Ken Bruen | *R&B. Le gros coup* |
| 394. | Philip McLaren | *Tueur d'aborigènes* |
| 395. | Eddie Little | *Encore un jour au paradis* |
| 396. | Jean Amila | *Jusqu'à plus soif* |
| 397. | Georges Simenon | *L'évadé* |
| 398. | Georges Simenon | *Les sept minutes* |
| 399. | Leif Davidsen | *La femme de Bratislava* |
| 400. | Batya Gour | *Meurtre sur la route de Bethléem* |
| 401. | Lamaison-Sophocle | *Œdipe roi* |

| | | |
|---|---|---|
| 402. | Chantal Pelletier | *Éros et Thalasso* |
| 403. | Didier Daeninckx | *Je tue il...* |
| 404. | Thierry Jonquet | *Du passé faisons table rase* |
| 405. | Patrick Pécherot | *Les brouillards de la Butte* |
| 406. | Romain Slocombe | *Un été japonais* |
| 407. | Joe R. Lansdale | *Les marécages* |
| 408. | William Lashner | *Vice de forme* |
| 409. | Gunnar Staalesen | *La femme dans le frigo* |
| 410. | Franz-Olivier Giesbert | *L'abatteur* |
| 411. | James Crumley | *Le dernier baiser* |
| 412. | Chuck Palahniuk | *Berceuse* |
| 413. | Christine Adamo | *Requiem pour un poisson* |
| 414. | James Crumley | *Fausse piste* |
| 415. | Cesare Battisti | *Les habits d'ombre* |
| 416. | Cesare Battisti | *Buena onda* |
| 417. | Ken Bruen | *Delirium tremens* |
| 418. | Jo Nesbø | *Les cafards* |
| 419. | Batya Gour | *Meurtre au Kibboutz* |
| 420. | Jean-Claude Izzo | *La trilogie Fabio Montale* |
| 421. | Douglas Kennedy | *Cul-de-sac* |
| 422. | Franco Mimmi | *Notre agent en Judée* |
| 423. | Caryl Férey | *Plutôt crever* |
| 424. | Carlene Thompson | *Si elle devait mourir* |
| 425. | Laurent Martin | *L'ivresse des dieux* |
| 426. | Georges Simenon | *Quartier nègre* |
| 427. | Jean Vautrin | *À bulletins rouges* |
| 428. | René Fregni | *Lettre à mes tueurs* |
| 429. | Lalie Walker | *Portées disparues* |
| 430. | John Farris | *Pouvoir* |
| 431. | Graham Hurley | *Les anges brisés de Somerstown* |
| 432. | Christopher Moore | *Le lézard lubrique de Melancholy Cove* |
| 433. | Dan Simmons | *Une balle dans la tête* |
| 434. | Franz Bartelt | *Le jardin du Bossu* |
| 435. | Reiner Sowa | *L'ombre de la Napola* |
| 436. | Giorgio Todde | *La peur et la chair* |
| 437. | Boston Teran | *Discovery Bay* |
| 438. | Bernhard Schlink | *Le nœud gordien* |
| 439. | Joseph Bialot | *Route Story* |
| 440. | Martina Cole | *Sans visage* |
| 441. | Thomas Sanchez | *American Zazou* |

| | | |
|---|---|---|
| 442. | Georges Simenon | *Les clients d'Avrenos* |
| 443. | Georges Simenon | *La maison des sept jeunes filles* |
| 444. | J.-P. Manchette & B.-J. Sussman | *L'homme au boulet rouge* |
| 445. | Gerald Petievich | *La sentinelle* |
| 446. | Didier Daeninckx | *Nazis dans le métro* |
| 447. | Batya Gour | *Le meurtre du samedi matin* |
| 448. | Gunnar Staalesen | *La nuit, tous les loups sont gris* |
| 449. | Matilde Asensi | *Le salon d'ambre* |
| 450. | Jo Nesbø | *Rouge-gorge* |
| 451. | Olen Steinhauer | *Cher camarade* |
| 452. | Pete Dexter | *Deadwood* |
| 454. | Keith Ablow | *Psychopathe* |
| 455. | Batya Gour | *Meurtre à l'université* |
| 456. | Adrian McKinty | *À l'automne, je serai peut-être mort* |
| 457. | Chuck Palahniuk | *Monstres invisibles* |
| 458. | Bernard Mathieu | *Otelo* |
| 459. | James Crumley | *Folie douce* |
| 460. | Henry Porter | *Empire State* |
| 461. | James Hadley Chase | *Pas d'orchidées pour Miss Blandish* |
| 462. | James Hadley Chase | *La chair de l'orchidée* |
| 463. | James Hadley Chase | *Eva* |
| 464. | Arkadi et Gueorgui Vaïner | *38, rue Petrovka* |
| 465. | Ken Bruen | *Toxic Blues* |
| 466. | Larry Beinhart | *Le bibliothécaire* |
| 467. | Caryl Férey | *La jambe gauche de Joe Strummer* |
| 468. | Jim Thompson | *Deuil dans le coton* |
| 469. | Jim Thompson | *Monsieur Zéro* |
| 470. | Jim Thompson | *Éliminatoires* |
| 471. | Jim Thompson | *Un chouette petit lot* |
| 472. | Lalie Walker | *N'oublie pas* |
| 473. | Joe R. Lansdale | *Juillet de sang* |
| 474. | Batya Gour | *Meurtre au Philharmonique* |
| 475. | Carlene Thompson | *Les secrets sont éternels* |
| 476. | Harry Crews | *Le Roi du K.O.* |
| 477. | Georges Simenon | *Malempin* |
| 478. | Georges Simenon | *Les rescapés du Télémaque* |

*Composition Nord Compo*
*Impression Novoprint*
*le 3 mars 2008*
*Dépôt légal : mars 2008*

ISBN 978-2-07-033657-9/Imprimé en Espagne.

141081